KB139280

요가원 창업은

처음입니다

프롤로그

　일과 삶이 분리되지 않은 채 5년 동안 프로그램 개발자로 근무했어요. 잦은 야근과 주말 출근이 익숙해져서인지 머릿속을 떠나지 않는 소스코드 때문에 일과 삶을 분리하는 게 힘들었습니다. 집중력이 요구되는 거친 운동을 하거나 생각을 비울 수 있는 장거리 마라톤, 심신의 안정을 위한 템플 스테이에 참여하는 등 갖은 노력에도 소용없더라고요.

그러다 우연히 요가를 접하고 머릿속이 맑아지는 신비함을 경험했습니다. 자기 계발 서적에서 말하는 성공한 CEO의 아침 명상 시간도 결이 비슷하지 않나 싶어요. 요가와 함께라면 일상에서도 무엇이든 해낼 수 있겠다는 확신이 생겼어요. 하지만 잦은 야근으로 수련 횟수가 점점 줄어들다 보니 주변 만류에도 불구하고 요가의 길을 선택하게 됐습니다. 만일 사회 초년기부터 요가를 알고 있었다면 여전히 개발자의 길을 걷고 있을지도 몰라요. 개발 업무에 지쳐있던 상태에서 요가를 만나 미련 없이 전향했지만, 본업을 포기할 수 없는 많은 사람에게 요가를 널리 알리고 싶더라고요.

누군가는 본격적인 커리어를 쌓아가는 30대에 강사로서 새출발을 시작했어요. 업계 후발 주자인 만큼 남들과 다른 길로 나아가려고 했습니다. 강사 1년 차는 수업을 늘리기보다 내실을 단단히 다지는 시기를 보냈어요. 소스코드를 심도 있게 분석하던 습관이 요가를 연구하는 데 도움이 되더라고요. 2년 차는 국내에 없는 한

글판 아쉬탕가 포스터를 제작했고, 3년 차는 요가원을 오픈하게 됐습니다.

요가원 오픈을 결심하고, 부동산 계약, 인테리어 공사까지 완료하는 데 고작 4개월이 걸렸어요. 최대한 단기간에 끝내기 위해 창업 관련 책과 유튜브를 참고하며 정신없는 나날을 보냈습니다. 매번 새로운 도전을 하다 보니 참고할 만한 서적이 없는 게 아쉬웠어요. 주변에 요가원을 '신규'로 오픈하신 분이 있었다면 고민을 덜어 낼 수 있었을 텐데 말이죠.

이 책은 과거의 로카에게 들려주고 싶은 이야기를 담았어요. 오픈하자마자 서둘러 책을 내고 싶었지만, 요가원의 사계절은 경험해 봐야 알짜 정보를 공유할 수 있을 것 같아 이제서야 책으로 엮었습니다. 책을 읽더라도 단번에 혜안을 가질 수 없겠지만, 요가원 오픈에 대한 막연한 두려움을 낮추는 데 도움이 될 거예요. 꼭 요가원이 아니더라도 창업하고 싶은 업종을 대입해 보아도 좋을 것 같습니다.

2023년 하반기는 책을 집필하면서 로카요가스튜디오를 되돌아볼 수 있었어요. 로카요가스튜디오와 함께 해 주시는 선생님, 회원님들께 감사의 말씀 올리며 새해에는 좋은 일만 가득해지시길 진심으로 바라봅니다.

나마스떼

CONTENTS

:::: PART 1 요가원 공사 둘러보기

:::: PART 2 요가원 운영 둘러보기, 필수

:::: PART 3 요가원 운영 둘러보기, 선택

:::: PART 4 오픈 전으로 돌아가기

IT 업계를 떠난다고요?

    IT업계 5년 차, 다들 이직으로 몸값을 올리던 시기에 나는 업계를 떠났다. 퇴근 후 저녁 약속을 잡으려면 눈치를 봐야 했고, '허락받은 칼퇴근'을 위해 다른 요일은 회사에 더욱 헌신해야 했다. 시스템 오픈 전 당연하다는 듯 주말 출근을 요구하는 환경에 진절머리가 났다. 당시 워라벨이 대두되고 있던 시기라 젊은 개발자가 업계를 떠나는 일이 많았다. 자연스레 남은 개발자들의 몸값이 오르는 상황임에도 IT업계에 미련이 남아있지 않았다.

지금도 매년 한 해의 계획을 세우고 있지만 당시에는 한 해가 아니라 2년, 3년 후까지 계획을 세워도 될 만큼 단조로운 인생을 보내고 있어서 가슴 한편에 답답함을 느끼고 있었다. 하지만 서른이 넘었고 할 줄 아는 건 코딩뿐이었는데 다른 대안이 있었을까? 셀프 수련을 하기 위해 취득했던 요가 자격증이 없었다면 아마 여전히 회사에 다니고 있었을 터다.

직원들이 야근을 위한 저녁 식사를 할 때 나는 김밥으로 끼니를 때우며 헬스장으로 향했다. 이 짧은 시간이 하루 중 지친 몸에 활력을 불어넣는 유일한 순간이었다. 성공한 사람들은 한결같이 일과 삶을 분리하라고 말하는데 나는 바보같이 운동 중에도 머릿속으로 코드를 생각했다. 컴퓨터 앞에 가만히 앉아서 오류를 발견하든 운동하면서 오류를 떠올리든 결과적으로 해결만 하면 되니까. 운동할 때뿐만 아니라 출, 퇴근길에서도 내내 코드를 떠올리며 미련하게 일과 삶을 분리하지 못했다.

요가를 처음 경험한 건 헬스장 G.X 프로그램을 통해서였다. 수업을 따라가기 위해 선생님 말씀에 집중하다 보니 더 이상 코드 생각이 나지 않았고, 매일 쓰던 근육의 움직임을 더욱 섬세하게 느껴볼 수 있었다. 고단한 하루를 보내고 지칠 대로 지친 머리가 단번에 맑아지는 느낌. 성공한 사람들이 말했던 일과 삶의 분리가 이런 건 아닐까? 왠지 앞으로 요가를 수련한다면 무엇이든 해낼 수 있을 것 같은 오묘한 자신감이 생겼다.

개발 프로젝트에 따라, 같이 일하는 직원의 성향에 따라 헬스장을 매번 갈 수 없는 상황이 생겼다. 장소에 구애받지 않고 수련할 수 있도록 강사 자격증을 취득하기로 결심했다. 자격증을 취득하자 나의 하루는 요가를 중심으로 움직이게 됐다. 새벽 수련을 위해 수면 시간을 조절하고, 위에 편안한 음식을 먹었다. 야근이 없는 날은 부족한 수면 시간을 채우기 위해 일찍 잠자리에 들었다.

누군가 지금 내게 '그때처럼 수련하는 일상을 보낼 수 있냐'라고 물어본다면 선뜻 "그렇다"라고 답하지 못할 것 같다. 하지만 당시에는 90분 남짓 수련 시간이 삶의 활력을 불어넣어 주던 시기라 기를 쓰고 수련했다. 열정이 넘쳤던 사회 초년생 때에도 매트 위에서 만큼의 희열을 느낀 적은 없었다. '더 늦기 전에 정말 좋아하는 일을 해보는 건 어떨까?' 자격증을 취득하고 1년 뒤 회사를, IT업계를 떠나기로 결심했다.

한글로 만든 아쉬탕가 포스터는 없나요?

힘겹게 자격증을 취득하고, 한결 마음이 가벼워졌다. 이제는 마음만 먹으면 매트를 펼칠 수 있고, 유튜브에서 많은 영상을 보며 원하는 수련을 할 수 있으니까 말이다. 퇴사 후 가장 하고 싶었던 일은 수련 후 맞이하는 여유로운 아침이다. 항상 출근하느라 급급해 마음을 졸이며 하루를 시작했으나 이제는 여유롭게 오전을 즐길 수 있다.

'빈야사'는 한 호흡에 한 동작씩 움직인다는 의미다. 수련을 시작하면서 '아쉬탕가' 뒤에 왜 '빈야사'가 따라 붙는지 금세 깨닫게 되었다. 자격증을 취득할 때는 단순히 동작의 순서만 배워 빈야사의 의미가 와닿지 않았다. 하지만 아쉬탕가 요가는 동작에 들어가고 빠져나오는 모든 순서가 정해져 있어 단순히 책을 통해 겉핥기 식으로 배울 수 없다. 매트 위에서 정해진 빈야사에 맞춰 몸을 움직여야만 자연스레 체득할 수 있는 요가이다.

아쉬탕가 요가는 총 여섯 개의 시리즈가 있다. 대부분 요가원 수업은 첫 번째 단계인 프라이머리 시리즈다. 보통 모든 동작을 수련하는데 90분 정도 소요되므로 아쉬탕가 전문 요가원이 아니면 60분에 맞춰 수업을 진행한다. 아쉬탕가 프라이머리 시리즈에 익숙해지려면 1,000번의 수련이 필요하다고 한다. 주 6일 수련한다고 해도 꼬박 3년 이상 시간이 걸린다. 수련 횟수가 100번을 넘기기 전에는 다음 동작을 머리로 생각해야 했다.

집중하지 않으면 가끔 몇 동작을 빼먹었다. 수련 횟수가 쌓이면서 점차 유연해지다 보니 비로소 다리를 목뒤에 걸거나(숩타쿠르마아사나) 몸을 뒤로 젖히는(드롭백) 동작을 배울 수 있었다.

드롭백을 끝으로 프라이머리 시리즈의 모든 동작을 경험할 수 있었다. 만일 수련 초기부터 프라이머리 시리즈의 모든 동작을 머릿속에 그릴 수 있었으면 어땠을까? 부족한 부분을 채우기 위해 영상을 찾아봤을 테고, 도움이 되는 다른 수련도 병행하지 않았을까 생각한다. 물론, 전체 시퀀스를 찾아보는 노력은 했지만, 무엇을 어떻게 검색해야 할지 막막했던 시기라 정보를 찾는 데 한계가 있었다. 분명 나와 같은 궁금증을 갖고 있는 분들이 있을 테니 몸이 준비됐을 때 여전히 괜찮은 포스터가 없다면 내가 직접 포스터를 제작해야겠다고 다짐했다.

　수련 횟수가 점차 쌓여갈수록 포스터가 시장성이 없다는 결론에 다다랐다. 주변 지인을 둘러봐도 요가를 수련하는 사람이 거의 없었고, 강사 중에서도 아쉬탕가 요가를 수련하는 사람은 거의 찾아볼 수 없었기 때문이다. 하지만 도리어 오랜 기간 시장성이 없다고 확신했기에 판매로 연결되지 않더라도 덜 실망할 각오가 돼 있었다. 기존의 딱딱한 포스터 이미지를 탈피하고, 넣고 싶었던 전환 동작, 호흡수, 반복된 아사나를 강조해서 포스터를 제작했다. 제작을 결심하고 첫 포스터가 나올 때까지 2년이란 시간이 흘렀다. 손실을 최소화하고자 하는 마음에 크라우드 펀딩을 열었다. 웬걸! 목표치를 160% 달성했다.

펀딩이 끝나도 판매 문의가 끊이지 않자, 스마트 스토어를 오픈했고 나아가 요가원(로카요가스튜디오, 이하 로요스)을 오픈하는 토대가 되었다.

시장을 바라보는 나의 둔한 감각이 없었으면 어땠을까? 시장성이 없으니, 마음을 바꾸면 어땠을까?

아마 오랜 기간 기획한 만큼 두고두고 후회했을 것이다. 포스터를 만들었던 경험 덕분에 지금도 새로운 프로젝트를 추진하는데 두려움이 없다. 실패도 하나의 경

험이 될 수 있음을 인지하면 모든 시도는 결과 유무를
떠나 값진 경험으로 남지 않을까 싶다.

강사로서의 삶을 기록해 보아요

사회 초년생의 열정을 담보로 월급을 받다 보니 삶을 대하는 태도가 꽤 수동적이었다. 마음이 우러나서 무언가를 한다기보단, 회사에 출근하는 김에 떠밀려 하는 행동이 많았다. 야근이 일상이라 갑작스러운 회식도 개의치 않았고, 출퇴근길 지하철에서 할 수 있는 모든 일. 가령 독서를 하거나 유튜브를 시청하는 등의 행동은 시간을 내어 밖에서 따로 하지 않았다.

이제는 시간당 페이를 받는 프리랜서가 되었으니, 시간을 더욱 소중히 여겨야 한다. 비록 초보 강사로서 수입이 적더라도 돈으로 매길 수 없는 값진 시간과 기회를 얻었으니 말이다. 9 to 6 근무하는 회사원과는 달리 요가 강사의 근무 시간은 주로 오전(09:00~12:00)과 저녁 시간(18:00~22:00)에 집중된다. 즉, 평일은 더 이상 친구들과 술 한잔 기울이기 어렵지만, 이로 인해 생긴 여분의 시간마저 주체적으로 살아갈 수 있어 마음만은 행복했다. 부모가 아이의 육아 시절을 기록하려는 게 이런 느낌이려나. 강사로서의 삶의 궤적을 남기고 싶었다.

블로그에 강사로서의 삶을 기록하려다 보니 글을 잘 쓰고 싶은 욕심이 생겼다. 그래서 글쓰기 관련 서적을 여러 권 읽어 봤으나 결국, 글을 자주 적어봐야 한다는 게 비법 아닌 비법이었다. 일상에서 꾸준히 기록할 만한 소재가 수련 일지라서, 수련 일지를 정성껏 적으며 글쓰기 연습을 시작했다. 기록에 대한 열정이 작심삼일로 끝나지 않기 위해 결이 비슷한 블로거와 이웃을 맺고 소통하며 꾸준히 기록했다.

결이 비슷한 블로거는 수련 일지를 작성하거나 비건을 지향하는 이웃이다. 특히 수련 일지를 기록한 글은 초보 강사인 나에게 많은 도움이 됐다. 짧은 시간에 다양한 데이터를 쌓을 수 있고, 의문형으로 끝나는 수련 일지에 답변을 달고자 책을 펼치는 선순환이 이뤄졌기 때문이다. 그동안 블로거 이웃들과 유대감이 쌓이지 않았다면 다른 주제는 별다른 관심이 없었을 테다. 하지만 이웃의 모든 글을 유심히 읽다 보니 자연스레 견문을 넓히는 계기가 됐다.

블로그를 시작한 지 3년 차, 수련 일지를 비롯해 요가를 공부하고 연구했던 궤적이 블로그에 고스란히 담겨있다. 글이 쌓여갈수록 관련 지식을 얻은 것과는 별개로 전달하고자 하는 바를 온전히 글에 담아낼 수 있게 됐다. 로요스 공식 계정에 글을 올리거나 온라인으로 상담을 진행할 때 혹은 스마트 스토어에 문의가 왔을 때도 '글쓰기'는 빛을 발하고 있다. 강사로서의 삶을 기록하고자 했던 작은 날갯짓이 이제는 글로써 기량을 펼칠 수 있게 도와주고 있으니 예비 원장님들께 '글쓰기'는 강력하게 추천하고 싶다.

Lokah
Yoga
Studio

'경력자만 뽑으면 신입은 어디서 경력을 쌓나요?'

회사에 다니던 시절, 이 문구를 보고 고개를 끄덕였으나 마음 한편에는 경력자라는 사실에 안도감을 느끼고 있었다.

하지만 경력자에서 신입으로 지위가 변하니 이제는

참 쓸쓸하게 다가오는 문장이다. 회사원에서 강사로 전향했던 나처럼 요가 강사의 진입 장벽은 높지 않다. 그렇다 보니 수요보다 공급이 많아서 정규 수업은 고사하고 대강 수업도 구하기 쉽지 않은 게 초보 강사의 현실이다.

운이 좋게도 강사 시작과 함께 전임 자리를 맡을 수 있었다. 지도자 과정을 이수할 때만 해도 강사로 전향할 생각이 전혀 없었다. 그런데도 원장님은 마음이 변하면 언제든 알려달라고 말씀해 주셔서 내심 든든했다. 원장님 덕분에 강사로서의 첫 발걸음을 내디딜 수 있었으니 이 글을 빌려 다시 한번 감사의 말씀을 올리고 싶다.

전임 수업은 일주일에 단 두 시간이지만, 초보 강사에게는 더없이 소중한 기회이다. 보통 수업 기회를 얻기 위해서는 강사 단톡방에 대강 공지가 올라오는지 수시로 체크하는 수고로움이 필요하다. 운 좋게 공지를 확인해도 초보 강사에게 기회가 부여될지는 장담할 수 없지만 말이다. 그만큼 전임 수업이 주는 심리적 안정감을 무시할 수 없다.

전임 수업으로 오후 스케줄이 채워지기 전까지 항상 요가원 두 곳을 등록했다. 한 곳은 개인 수련을 위한 아쉬탕가 전문 요가원이고, 다른 곳은 티칭 노하우를 배우기 위한 일반 요가원이다. 일반 요가원에서 회원의 입장으로 수련하다 보면 즉시 적용할 만한 노하우를 배울 수 있었다. 당시 수련비로 월급의 배 이상을 지출했지만, 덕분에 나만의 수업 스타일을 구축할 수 있었다. 한동안 나의 일상은 개인 수련, 일반 수업, 아쉬탕가 연구로 채워지고 있었다. 전임 수업에 대한 갈망이 수련과 지식으로 채워지다 보니 수업이 없던 시기도 견딜만했고, 짧은 강사 경력에 비해 자신감이 넘쳤다.

8개월간의 구애를 끝으로 낙하산이 아닌 첫 전임을

맡게 됐다. 전임을 맡은 요가원이 마침 다수의 지점을 보유하고 있어 저녁 수업의 공석을 빠르게 메울 수 있었다. 강사로서 꼬박 1년을 채우기 전에 수입이 안정되다 보니 강사로서 먼 미래를 그려보게 됐다. '수업하다가 점차 노하우가 쌓이면 워크샵을 열고, 요가원을 오픈하는 일련의 과정이 업계 후발 주자인 나에게도 그대로 적용될까?' 틈틈이 청사진을 그려보며 하루를 보내곤 했다.

요가 업계는 떠나지 않으려고요

　　요가를 취미로 접근할 때는 이른 새벽에 수련을 마치고 회사에 출근할 정도로 요가에 대한 흥미가 넘쳤다. 하지만 요가를 업으로 삼은 이후로 예전처럼 흥미만 추구할 순 없었다. 일반 수업을 듣더라도 선생님의 시퀀스(동작)가 어떻게 구성됐는지, 어떤 멘트를 전해 주시는지, 내 몸은 어떤 자극을 느끼는지 등을 인지하려 노력했기 때문이다. 취미를 업으로 삼으면 흥미를 잃을 수 있다는 말이 몸소 와닿는 순간이었다.

　강사 1년 차를 돌이켜 보면 수업은 수업대로 구하기 힘들었고, 요가는 요가대로 온전히 즐길 수 없었다. 힘들게 자격증을 취득했으나 다시 본업으로 돌아간 선생님의 심정이 짐작된다. 하지만 오랜 기간 요가계에 몸담은 선생님이 업계를 떠나는 경우는 의아했다. 시퀀스를 만드는 게 초보 시절만큼 어렵지 않을 테고, 그동안의 노하우를 정리하면 원데이 워크숍을 열어볼 수 있을 텐데 말이다. 아직 내가 모르는 무엇이 있는 건가? 나도 오랜 기간 몸담아야만 비로소 알 수 있는 건가?

　회사원일 때는 직장인의 고질병을 두루두루 앓고 있었다. 거북목이 심해서 항상 어깨 뭉침을 토로했고, 정기적으로 도수 치료를 받는 일상이 자연스러웠다. 주변에 아프지 않은 동료가 없으니, 통증을 회사원의 숙명으로 받아들이던 시절이었다. 하지만 강사를 시작하면서 수련하거나 수업을 준비하는 과정에서 점차 건강을 되찾게 됐다. 이제는 어깨가 뭉친 느낌이 낯설고, 웬만해선 병원에 방문할 일이 없다. 행여나 요가 업계를 떠나더라도 건강을 위해서 요가의 끈은 놓고 싶지 않다.

언제까지 강사의 길을 걸을 수 있을지 모르지만, 분명한 건 요가는 꾸준히 하고 싶다는 점이다. 어떻게 하면 오랫동안 요가계에 머물 수 있을까?

우선 매년 소득이 향상됐으면 한다. 요가 업계에 후발주자로 들어왔으니 남보다 배로 노력해야 한다. 이런 상황에서 소득이 줄어들거나 동결된다면 현실에 안주하고 있다는 '방증'이 되니 소득은 중요하다. 예상되는 수익구조는 직접 만든 아쉬탕가 포스터, 시간당 수업료, 개인 워크샵, 요가원 오픈 등이 있다. 아쉬탕가 포스터는 얇고 길게 주문이 들어온다고 믿고 있고, 시간당 수업료는 크게 인상되지 않는 게 업계 현실이다. 개인 워크샵을 준비하기엔 아직 내공이 부족하니 결국, 요가원을 오픈하면 업계를 떠나지 않을 거라는 결론을 내렸다.

요가원을 오픈하면 한 번의 출근으로 수업과 수련을 해결할 수 있고, 요가원에 내내 상주하면서 시간을 알차게 보낼 수 있지 않을까. 오히려 조바심 내지 않고 진득하게 워크샵을 준비할 수 있지 않을까 싶다. 강사로서 경력이 쌓여야만 운영할 수 있는 건 아니기에 오픈을 염두에 둔 채 진지하게 고민하게 됐다.

서울 주민이 인천에 오픈한 이유

평소 미니멀리즘을 추구하고, 소비 욕구가 높지 않은 덕분에 월급의 대부분을 저축할 수 있었다. 생활비를 따로 분류하거나 악착같이 절약하지 않아도 월급이 차곡차곡 쌓이다 보니, 자연스레 모인 종잣돈을 어떻게 굴릴지 고민했다. 직장 선배의 조언으로 경매에 관심을 두고, 주말마다 임장을 다니던 시절이 있었는데 여러 번 허탕을 치고 나서야 큰 교훈을 얻었다. 무턱대고 임장을 가지 말고, 컴퓨터를 최대한 활용해야 함을 말이다. 우리의 시간과 에너지는 소중하니까!

저녁 수업을 맡고 있는 요가원은 대부분 오피스 상권에 위치하고 있다. 2~3블록을 지나면 다른 요가원이 있었으니, 마케팅의 '마' 자도 모르는 나는 주변 요가원과 경쟁할 자신이 없었다. 그래서 주거 인구나 유동 인구는 많되 주변에 요가원이 없는 장소를 물색했다.

네이버에 'ㅇㅇ역 요가원'(①)을 검색하면 요가원의 위치와 정보를 확인할 수 있다. 오히려 넘치는 정보가 부담돼 검색이 망설여질 정도이다. 하지만 땡볕에 임장 다니던 시절을 떠올리면 시간과 에너지를 절약할 수 있는 유일한 방법이라 묵묵하게 정보를 찾아봤다. 대략적인 조사가 끝나면 통계청 사이트(②)를 활용해 유동 인구수를 파악하고, 네이버 부동산(③)으로 소비력을 검증하는 단계를 거쳤다. 요가원 3개월 수련비가 헬스장 1

년 이용권과 비슷하다 보니 소비력을 검증하는 수단으로 부동산 시세를 활용했다. 후보군이 정해지면 '소상공인 상권 정보 시스템'(④)을 이용해서 업종을 분석하거나 매출 현황을 객관적인 수치로 확인했다. 아마 요가원이 아닌 다른 업종을 오픈한다 해도 위와 같은 과정을 거치면 도움이 되지 않을까 싶다.

이 단계까지 오는데 두 달이란 시간이 흘렀다. 오픈이란 설렘을 갖고, 두 달 동안 매물만 찾는다는 게 말처럼 쉽지 않다. 다 포기하고 운에 맡기고 싶은 심정을 꾹꾹 누른 채 매물을 찾아보긴 했지만, 워낙 지루한 과정이라 점점 매물을 찾는 눈이 흐릿해질 수도 있다. 요가원뿐만 아니라 단골 카페나 식당 사장님께도 왜 이곳에 오픈하셨는지 묻다 보면 새로운 인사이트를 얻을 수 있다. 각자의 방법으로 지루한 과정을 잘 극복해 보자.

충분히 매물을 찾아봤다면 드디어 임장을 다녀올

차례다. 앞서 들인 노력 덕분에 임장 단계는 가볍게 즐길 수 있었다. 이때 나만의 매물 기준을 명확히 세워두면 발품 파는 시간과 에너지를 낮출 수 있다. 로요스는 역세권, 주차 가능 여부, 건물 상태, 보증금/임대료 등을 고려하여 근처 부동산을 여러 곳 방문했다. 이런 과정을 거쳤기 때문에 운영이 힘들어도 지리적 접근성을 원망하지 않았으니, 애정어린 마음으로 천천히 매물을 찾아보자.

인테리어 업체는 어디서 알아보나요?

    부동산 잔금을 치른 시점부터 은행 이자, 임대료, 관리비 등 실질적인 지출을 고려해야 한다. 머릿속으로는 서둘러 인테리어를 끝내고 오픈해야 한다는 걸 안다. 하지만 그동안 매물을 알아보느라 인테리어에 전혀 신경 쓸 수 없었다. 조금이나마 시간을 벌고자 잔금 지급 일자를 최대한 늦춰 여러 업체를 알아봤다. 잔금 당일, 운이 좋게도 렌트프리 기간을 받을 수 있어서 인테

리어 공사가 진행되는 동안 초기 임대료 부담을 덜어낼
수 있었다.

인테리어 업체는 어디서 알아볼까? 부동산에서 소
개해 준 업체, 숨고 플랫폼, 주변 지인의 추천 등 가능한
자원을 전부 동원했다.

업체와의 첫 미팅에서는 요가원의 전체적인 분위
기, 예산, 공사 기간 등을 고려해서 협의를 진행했다. 계
약이 성사되면 엄연히 돈을 지불하는 입장인데도 인테
리어에 대해 무지하다 보니 왠지 모르게 어깨가 움츠러
든다. 그나마 할 수 있는 최소한의 방어는 다른 업체 견
적과 비교해 보고 결정 내리겠다는.. 그러니 부담스러
운 견적서는 피해달라는.. 무언의 압박 아닌 부탁 정도
였다. 두 번째 미팅에서 원하는 디자인 시안과 합리적인
견적서가 나오면 계약이 성사된다.

인테리어 업계의 특이한 점은, 디자인 시안을 받고 계약하기 전까지 일절 비용이 들지 않는다. 혹시나 다른 업체가 선정되면 그동안 일에 대한 보상이 없다는 게 아이러니하다. 제도 개선의 필요성을 느끼면서도 비용이 발생한다고 하면 나조차도 의뢰를 망설일 것 같긴 하다.

동일한 요구사항으로 여러 업체와 미팅을 진행하다 보면 점점 업체의 용어(?)를 하나씩 배우게 된다. 회차가 늘어날수록 세부적인 설명 없이도 소통이 가능하니 나의 무지함을 교묘하게 감출 수 있었다. 심지어 이전 업체가 해결하지 못한 이슈를 꺼내 보면 업체의 문제 해결 능력도 자체 검증할 수 있었다. 시간이 충분하다면 부디 많은 업체와 미팅하길 추천한다.

당시 견적을 받는 동안 인테리어 관련 유튜브를 과하게 시청해서 그런지 업체에 대한 의심이 끊이지 않았다. 인테리어 예산을 말씀드렸는데 높은 견적을 준 업체는 어떤 생각이었을까? (나의 엄포가 통하지 않은 걸까?) 그렇다고 예산을 맞춰준 업체는 과연 양심적인 업체일까? 이윤을 위해서 안 좋은 자재를 사용하지 않을까? 나만의 명확한 업체 선정 기준이 필요한 시점이었다.

요가원 공사가 처음이라고요?

초보 강사 시절에는 질문을 받으면 확신이 없어도 자신감 있게 대답했다. 강아지가 두려움을 숨기고자 으르렁 짖듯이 강사로서 얕은 지식이 탄로 날까 두려워했었다. 이제는 책의 어느 부분을 찾아보면 되겠다는 확신이 들어서 모르는 질문을 받으면 솔직하게 말씀드린다. 무지에서 오는 막연한 불안감이 점차 해소되고 있나 보다.

인테리어 공사를 위해 다양한 업체를 수없이 만났다. 여러 업체를 만나도 인테리어 관련 대화는 여전히 아리송하지만, 디자인 시안을 검토하는 순간만은 단호한 입장을 밝혔다. 분명 업체와 충분히 대화를 나눴(다고 생각하)고, 오히려 더 좋은 제안을 주셨음에도 디자인 시안이 마음에 들지 않았다. 자신감이 충만했던 업체의 눈빛과 목소리에서 초보 강사 시절의 내 모습이 오버랩됐다. 오히려 요가원 공사가 처음이라고 소개했던 업체의 시안이 가장 마음에 들었다. 주로 학교나 공공기관을 담당했다고 하여 이미 마음속으로 거른 업체인데도 말이다.

만족스러운 시안을 건네준 업체는 다른 업체와 달리 상가에 방문해 내부를 꼼꼼하게 살펴봤다. 계약이 성사되지 않으면 헛수고가 된다는 걸 알면서도 말이다. 어쩌면 사전에 보여준 업체의 행동에서 이미 신뢰가 싹트고 있던 건 아닐까. 동선을 고려한 세심한 설계와 추후 발생할 변수를 가감 없이 오픈한 점에서 마음이 조금씩 기울고 있었다.

마침내 요가원 공사 경험이 없는 업체에 로요스 인테리어를 맡겼다. 인테리어 대표님은 새로운 공정이 진행되기 전에 청사진을 그려주며 요가원으로써 신경 써야 할 부분이 있는지 체크했다. 인테리어 관련된 모든 일이 처음이라 내심 걱정했으나 대표님의 세심한 배려에 금세 걱정을 덜어낼 수 있었다.

그렇다고 시행착오가 없었을까? 서로 티키타카가 잘 맞으려면 의뢰인도 어느 정도 지식을 갖추고 있어야 한다. 바닥 마루를 정하는 단계에서 요가원의 특성을 고려하지 못해 결국 운영을 중단하고 재시공하는 일이 발생했다. (마루 관련 해프닝은 뒤에서 소개한다) 업체로서 잘못을 인정하기 쉽지 않을 텐데 이 과정 또한 마음이 상하지 않도록 잘 이끌어 주셨다.

시행착오가 있었음에도 2호점을 오픈한다면 여전히 대표님과 함께하고 싶다. 사실 로요스에 필요한 게 무엇인지 더욱 명확해진 시점이라 어떤 업체와 공사를 진행해도 상관없다. 하지만 공사 과정에서 필연적으로 부딪치는 수많은 변수에 업체가 어떻게 반응할지 생각해 보면 세심한 대표님이 떠오를 것 같다. 게다가 이제는 요가원 공사 경험도 있으니 말이다.

힘들게 찾은 매물은 오랜 기간 공실이었으나 철거 작업이 진행되지 않았다. 아마 철거 작업이 진행돼도 천장이 일반 사무실 형태로 마감됐을 테니, 수련실을 오픈 천장으로 만들기 위해 추가로 철거가 필요했을 테다. 상가를 매매하는 게 아니라면 계약 종료 시 원상 복구를 해야 할 수 있어서 독특한 인테리어는 임대인과 협의 후에 진행하는 게 좋다. 다행히 가벽이 없는 텅 빈 상태로 복구하면 된다고 하여 고민 없이 철거를 진행했다.(그럼 애초에 가벽이 없는 상태로 임대해야 하는 게 아닌가?)

인테리어 업체와 미팅 일정을 잡기 전에 상가의 대략적인 너비를 측정했다. 세워진 가벽은 당연히 철거할 수 있다고 생각해서 가벽의 폭을 포함한 채로 말이다. 정확하지 않은 너비를 바탕으로 여러 업체와 미팅을 진행했다. 다행히 상가에 직접 방문해 보자는 업체를 만나 가벽처럼 보이던 건물 기둥을 발견할 수 있었다. 꽤 넓은 면적이 건물을 굳건하게 받치고 있어서 하마터면 엉뚱한 디자인 시안으로 공사에 착수할 뻔했다. 물론 철거를 진행하는 과정에서 건물 기둥을 발견할 수 있겠지만, 공사가 착수된 후 변경된 사안은 비용에 청구될 확률이 높다. 별다른 대책이 없는 우리는 받아들일 수밖에 없으니 계약 전 최대한 꼼꼼하게 확인하면 좋다.

오픈 천장을 염두에 두고 기존 천장을 뜯었는데 하필 천장 위로 다양한 배관이 지나가고 있었다. 흔히 보았던 예쁜 카페의 개방감과는 거리가 있었으나 이미 반쯤 철거한 상태라 어쩔 수 없이 작업을 진행했다. 왜 천장 위에 다양한 폐기물이 있었는지 여전히 의문이지만 처리 비용을 고스란히 부담해야 했고, 얽히고설킨 배관 때문에 결국 플라잉 해먹도 낮게 설치했다. 높은 층고에 대한 이점을 누리지 못한 채 개방된 천장을 보며 씁쓸함을 감추지 못했다.

철거가 진행되면서 발생하는 많은 먼지와 소음은 어떻게 해야 할까? 주변 상가에 양해를 구하고, 복도와 승강기에 철저한 보양 작업을 해야 한다. 폐기물을 옮기는 과정에서 승강기와 복도에 많은 먼지가 발생할 수 있으니 가능하면 유동 인구가 적은 주말이나 공휴일에 진행하면 더 좋다.

변수가 없을 것 같은 철거 단계를 험난하게 보냈지만, 오픈 천장을 하지 않거나 이미 철거가 진행된 상가라면 무난하게 진행될 단계이다. 오히려 철거만큼은 다른 공정과 부딪치지 않으니, 단독으로 업체를 알아본다면 비용 절감의 효과도 볼 수 있다.

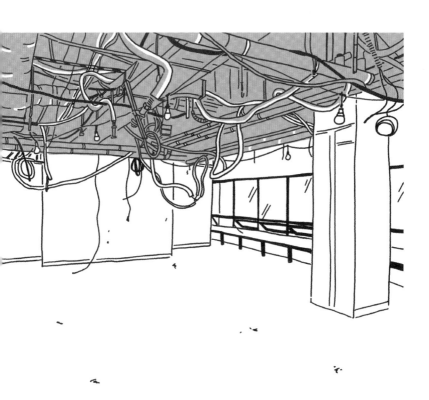

[수도 설비공사] 요가원에 '물'이 필요한가요?

퇴근 후 요가원을 방문하면 의례적으로 발부터 씻었다. 종일 쾌적한 사무실에 있어도 발은 습한 환경에 쉽게 노출되다 보니 발을 씻지 않으면 맨발로 매트 위에 서는 게 망설여졌다. 세면대가 없는 요가원에서는 공용 화장실을 이용했고, 샤워 시설을 갖춘 요가원에서는 개의치 않고 샤워했다. 수련 전 손, 발을 씻던 경험이 인상적이라 요가원을 오픈하면 세면대를 설치하고, 나아가

샤워실도 마련하고자 다짐했다.

확고한 요청사항에 따라 디자인 시안에 샤워실까지 야무지게 빼놓은 상태였다. 하지만 철거 이후 추가로 발견된 건물 기둥이 하필 요가원 호수에 포함돼 있었다. 무려 수련실 로고가 새겨진 벽면 전체가 건물 기둥이라 샤워실 대신 세면대로 만족해야 했다.

세면대에 이어 정수기와 세탁기 설치를 고려하고 있어 공사 초기 수도 배관을 미리 설치했다. 수도 공사의 경우 배관을 설치하고, 물이 잘 들어오고 나가는지 확인하면 되는데 무엇보다 공사 초기에 진행해야 불필요한 공정을 줄일 수 있다. 가령 공사 끝물에 수도 공사를 진행하는 경우 배관 시공을 위해 가벽을 뚫고 다시 메우는 과정, 나아가 도장 작업까지 마무리해야 하니 말이다.

인테리어 업체를 통하지 않고 직접 전문가를 고용한다면 인테리어 초기에 배관을 설치하고, 공사가 끝날 즘 마무리 작업을 요청하면 된다. 다만, 수도 배관이 지나가는 자리를 가벽으로 잘 숨길 수 있도록 가벽을 담당하는 전문가와 충분히 논의하면 좋다.

*소규모 요가원을 구상 중이라면?
요가원에 세면대, 세탁기, 정수기는 필수재가 아니므로 필요하지 않다면 다양한 대체재를 사용할 수 있다. 세면대는 공용 화장실을, 세탁기 대신 코인 세탁방을, 렌탈 정수기 대신 필터가 장착된 간편한 정수기를 사용하면 된다. 혹은 카페에서 사용하는 워터 서스펜서를 추천한다.

[경량 및 목공공사] 가벽을 튼튼하게 세우려면

사무실로 사용하던 공간을 요가원으로 바꾸려다 보니 기존 가벽은 재사용할 수 없었다. 철거 작업을 지켜보면서 단단할 것 같던 가벽이 의외로 맥없이 부서졌다. 수업 중 건장한 성인 남성 여럿이 벽의 도움을 받을 때 자칫 큰일 날 수 있겠다고 생각하니 참 아찔했다. 로요스 내부 가벽의 용도가 무엇이든 안전을 우선으로 고려했다.

목공 공사만으로 가벽을 세운다면 두터운 각목에 석고보드를 씌우는 방식으로 진행된다. 기둥이 되는 각목을 얼마나 촘촘하게 채우는지에 따라 가벽의 견고함이 정해진다. 하지만 더욱 튼튼하게 가벽을 세우려면 경량 철골로 토대를 세워야 가벽에 무거운 소품을 설치할 때도 견고하게 받쳐 줄 수 있다. 실례로 무게감 있는 대나무 커튼을 천장에 달았는데 철골에 고정하니 흔들림 없이 단단하게 고정됐다. 경량 철골이 로요스를 감싸고 있어서 내심 얼마나 든든한지 모른다.

철골 공사가 마무리되면 경량 틀 위에 석고보드를 덮는다. 가벽을 세운 공간의 용도에 따라 석고보드의 종류를 선택해야 한다. 화재의 위험이 있는 공간은 방화용 석고보드를, 주방 또는 욕실과 같이 습기가 많은 공간은 방수용 석고보드를, 요가원같이 소음이 발생하는 공간은 차음 석고보드를 사용하면 된다.

로요스의 모든 기둥은 경량 철골로 토대를 세우고 세부적인 요소를 목공 공사로 마무리했다. 세탁실 문, 창틀 선반, 매트 보관함, 안내 데스크 등 목재를 사용한 모든 집기류를 현장에서 제작했다. 특히 매트 보관함처럼 복잡한 가구도 눈앞에서 뚝딱 만들어 주시니 평소 눈여겨본 소품이 있다면 조심스레 요청해도 좋다. 경량 및 목공사를 동시에 진행하다 보니 다소 오래 걸리긴 했으나 덕분에 안정성을 담은 따스한 공간이 완성됐다.

* 소규모 요가원을 구상 중이라면?
파티션 가구나 커튼으로 가벽의 역할을 대체하고, 주문 제작보단 조립식 가구를 사용하면 비용을 절감할 수 있다.

[전기 공사] 눈여겨본 조명이 있었다면

　요가원은 한겨울에도 얇은 옷을 입고 맨발로 수련할 만큼 따뜻한 온기가 필요한 공간이다. 공간의 따뜻함을 위해 바닥 난방과 더불어 난방 기기를 사용하다 보니 겨울철에는 더 많은 전력을 사용한다. 전기 공사 단계에서는 전력량을 고려해서 차단기 용량을 증설한다. 그 외에 전기를 사용할 수 있도록 전선을 세팅하고, 조명 및 콘센트를 설치하는 등 말만 들어도 복잡할 것 같은 작업이 진행된다. 과연 전기 공사는 셀프 시공이 가능할지 의문이다.

처음 디자인 시안을 받았을 때, 수련실 내부 조명은 요즘 유행하는 컨셉에 맞춰 레일등으로 설치하자고 제안하셨다.

평소에 생각해 둔 조명이 없다 보니 냉큼 승인했으나 오픈하자마자 곧바로 불편함을 느꼈다. 일단 천장에 많은 배관이 있어 레일등을 낮은 높이에 설치했기 때문에 고개를 젖힐 때마다 눈이 부셨다. 게다가 조명이 해먹과 맞닿아 있다 보니 사고가 나지 않을까 노심초사했다. 결국 아쉬운 대로 조명을 벽 쪽으로 옮기는 작업이 진행됐다. 업체도 요가원 공사가 처음이라 요가원 입장에서 더 많은 생각을 공유했어야 했는데 참 아쉬운 부분이다. 명확한 요구사항을 요청했다면 충분히 구현됐을 텐데 말이다.

레일 조명을 사용하지 않으니, 수련실에 있는 두 종류의 조명이 더욱 돋보였다. 수련실은 로고 쪽 벽면을 비추는 전구색 조명과, 넓은 벽면을 비추는 주백색 조명이 있다. 요가원은 학교나 학원처럼 밝은 조명을 사용하지 않는데 밝은 주백색 조명이 굉장히 거슬렸다. 조명을 교체하려면 정확한 색상과 크기를 알고 있어야 한다. 사무실이나 병원에서 볼 수 있는 (밝은) 형광등은 주로 주광색이고, 가정에서 사용하는 (덜 밝은) 형광등은 주백색, 로요스 수련실에서 로고를 비추는 따스한 조명은 전구색이다. 설치된 조명의 크기(지름)를 측정해서 매장에 방문하면 원하는 조명과 함께 셀프로 교체하는 팁까지 전수받을 수 있다.

전기 공사처럼 전문성이 필요한 단계에서는 조명의 밝기나 스타일, 콘센트의 위치 정도만 신경 쓰면 된다. 콘센트의 위치에 따라 집기류의 배치가 정해지다 보니 벽의 중심보다는 구석에 설치된 경우 선을 더욱 깔끔하게 정리할 수 있다.

*소규모 요가원을 구상 중이라면?

스탠드 조명처럼 따스한 분위기가 연출될 수 있는 소품을 추천한다. 채광이 잘 드는 상가라면 오전은 자연광으로, 오후는 스탠드 조명으로 조도를 조절하자.

[바닥난방 공사] 혹시 강마루를 선택했나요?

난방을 본격적으로 가동하는 겨울철을 맞아 마루가 완전히 뒤틀리는 현상을 경험했다. 초기에는 '픽' 소리가 나며 바닥 수평이 틀어지기 시작하더니 마침내 벽면에 붙어있던 걸레받이가 떨어졌다. 열에 의해 수축과 팽창하는 마루의 특성을 고려하지 못하고 강마루를 선택해서 발생한 문제였다. 강마루는 본드를 이용해 마루를 고정하는 방식이라 요가원 바닥에는 적합하지 않은데 말이다.

처음 마루에 대한 설명을 들었을 때, 비전문가 입장에서는 모두 엇비슷했다. 데코타일보다는 강화 마루가 좋고, 강화 마루보다는 강마루가 좋다는 말에 무작정 강마루를 선택한 게 화근이었다. 물론 최종 선택은 내가 했지만, 바닥에 난방을 틀어야 하는 요가원의 특수성을 고려해 주셨으면 어땠을까 하는 아쉬움이 남아있다. 버젓이 운영 중이던 요가원을 잠시 멈추고, 모든 집기류를 옮겨야 했다. 그나마 다행인 건 옆 호수가 공실이어서 가까운 곳에 안전하게 옮길 수 있었다.

난방의 종류와 방법을 소개하면 바닥 난방은 크게 두 가지로 분류한다. 시멘트를 사용하는 습식 난방(A)과 배관이나 전기 패널을 이용한 건식 난방(B)이 있다. 각 방식의 장단점이 있지만 상가 계약 기간이 만료되면 원상 복구를 해야 한다는 점에서 건식 난방을 선택했다. 건식 난방은 설치뿐만 아니라 철거도 간편하기 때문이다.

건식 난방은 온수 배관(B-1)을 사용할지 전기 패널 (B-2)을 이용할지 선택해야 한다. 그동안 다녀본 요가원 이 천편일률적으로 전기 패널 방식을 사용했는데 모 요 가원에 방문한 이후로 온수 배관 방식이 주는 특유의 따 스한 온기가 그리워 온수 배관을 선택했다.

어떠한 난방을 선택하더라도 마지막 단계는 마루 선택으로 귀결된다. 마루는 강마루, 강화 마루, SPC 마 루, 원목, 데코타일 등 다양한 종류가 있고, 각각의 특징 과 가격이 천차만별이라 본드 시공만 피하면 될 듯하다. 강마루가 뒤틀리는 끔찍한 경험 이후, 로요스는 강마루 와 강화 마루의 장점을 모아둔 SPC 마루로 재시공했다.

*소규모 요가원을 구상 중이라면?

전기 패널과 강화 마루를 이용한 건식 난방을 추천한다.

보통 1~2일 이내 공사가 마무리되고, 철거 또한 수월하

기 때문이다. 마루가 열에 의해 수축, 팽창이 가능하므

로 벽 몰딩(걸레받이)과 바닥을 실리콘으로 마무리하지

않아야 하는 팁도 잊지 말자.

그동안 공사 현장을 지켜보면서 느낀 건 요구사항이 구체적일수록 만족감이 향상된다는 점이다. 결국, 구체적인 요구사항은 평소 얼마나 인테리어에 관심을 두었는지에 따라 명확해진다. 이제는 요가원에서 수련만 하고 돌아오는 게 아니라 가벽은 왜 이곳에 세웠는지, 전등의 위치와 밝기는 적절한지, 난방의 방식에 따라 따스함의 차이는 없는지 등을 살펴보며 나만의 요가원을 머릿속에 그려보면 어떨까? 수련도 하고, 인테리어 곳곳에 묻어 있는 원장님의 사상도 엿볼 수 있다면 원데이 체험 비용이 아깝지 않을 것 같다.

원하는 방향으로 인테리어가 진행됐거나 혹은 아쉬운 점이 남아있더라도 마감 방식에 따라 요가원 분위기가 결정된다. 마감의 종류는 벽지, 페인트, 필름지 등으로 나뉜다. 로요스는 페인트(도장)로 마감했다. 아무래도 수련 시 벽을 이용하는 동작이 많으니, 벽지나 필름 방식보다는 손상될 우려가 적고, 시간이 지남에 따라 멋스럽게 해질 것 같기 때문이다. 행여나 오염된 부분이 있으면 닦아내고 오염이 심하면 덧칠하면 되므로 유지 보수 측면에서도 용이하다고 생각한다.

페인트는 수성페인트와 유성페인트로 구분된다. 수성페인트는 물을 희석해서 사용하므로 건조가 빠르지만, 유성페인트는 시너를 희석해서 사용하므로 건조가 느리다. 대신, 기름 성분이 있어 그만큼 짙은 코팅으로 가구의 마모를 보호해 목재나 철재까지 다양한 곳에 사용할 수 있다. (냄새는 고약하다) 페인트의 특성에 맞춰 벽과 기둥은 수성페인트를 사용하고, 매트 보관함은 유성페인트로 마무리했다.

경량 철골로 토대를 세우고 석고보드로 마무리했기 때문에 보드와 보드가 맞닿는 부분에 미세한 경계가 발생한다. 경계로 인해 단차가 생기는 부분은 퍼티 작업이 선행되어야 깔끔하게 도장된다. (*퍼티 : 틈이 벌어진 곳을 메워서 울퉁불퉁한 면을 평평하게 하는 작업) 페인트 뭉침 없이 고르게 칠하기 위해 벽과 천장은 한 땀 한 땀 정성스레 칠을 해주고, 페인트칠이 애매한 오픈 천장은 스프레이형 페인트로 마무리했다.

*소규모 요가원을 구상 중이라면?

유튜브에 페인트 셀프 시공 영상이 많으니 참고하면 큰 비용을 절감할 수 있다. 페인트 냄새가 심하므로 주변 상가에 양해를 구하고 주말을 이용해 작업하자.

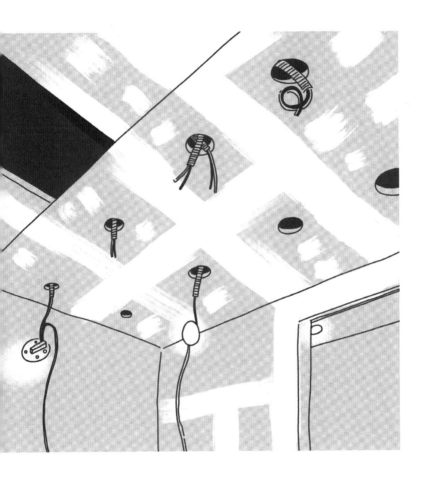

75

공사 일정 한 눈에 살펴보기

인테리어 공사가 어떻게 흘러가는지 알고 있으면 적게는 수백만 원부터 많게는 수천만 원까지 절약할 수 있다. 상가를 계약하는 시점부터 이미 두 번의 비용 절감 요소가 숨어 있다. 보통 상가 계약을 할 때 계약금(10%)과 함께 계약서를 작성하고, 추후 잔금을 지불한다. 이때 작성한 계약서를 근거로 은행 대출이 실행되므로 잔금일을 늦출수록 이자 부담을 늦게 짊어질 수 있다. (로요스는 이 기간에 인테리어 업체를 탐색했다) 잔금을 납부하는 최종 계약 단계에서는 렌트 프리 기간을 요청하면 공사가 진행되는 동안 임대료 부담에서 벗어날 수 있다. 그 외 인테리어 업체와의 미팅에서도 아는 만큼 비용을 절감할 수 있으니 전반적인 공사 일정을 소개해 본다.

MARCH 2022

SUN	MON	TUE	WED	THU	FRI	SAT
		Mar 1 철거	2	3	4	5 철거완료
6	7	8	9	10 도면완료	11 마을매장 방문	12
13	14	15	16	17 수도/설비 목공공사 경량공사	18	19
20 경량공사	21	22	23 목공공사 2차	24 창문시트지 플라잉구조설치	25	26 전기공사 1차
27 목공공사 2차 전기공사 1차	28 간판업체미팅	29	30 필름지 선정 도장	31	Apr 1 유리문 설치 간판설치1 매트보관함제작	2

APRIL 2022

SUN	MON	TUE	WED	THU	FRI	SAT
3	4	5	6	7	8	9
도장		가스공사 미팅	전기공사 2차	온수 난방 시공	가스보일러설치	
10	11 커튼 미팅 마루시공	12 커튼 설치 세탁기/건조기	13 에어컨 설치	14 수련실 간살문	15	16 용품세탁 밀
	가오픈 / 전단지 / 사전등록 이벤트					
17 가오픈 / 전단지 용품 세탁 밑	18 오픈	19	20	21	22	23

내부 철거는 다른 상가에 피해가 없도록 공휴일과 주말에 진행했다. 보통 철거된 상태에서 임대가 진행되기 때문에 철거 단계는 고려하지 않아도 된다. 3월 17일에 시작된 공사가 4월 15일에 끝났으니 26평인 로요스 기준으로 인테리어에 꼬박 한 달이 걸렸다. 공사 일정은 위의 그림과 같이 각 공정이 딱 떨어지지 않고 파이프라인처럼 서로 얽히고설켜 있다. 그림에는 표시하지 않았지만, 1월은 상가 매물을 확정 짓고 2월은 다양한 업체와 미팅을 진행했다.

인테리어 업체에 공사를 맡긴다면, 업체 선정에 심히 공들여야 한다. 2월은 한 달 남짓 짧은 기간 동안 9곳의 업체를 만날 정도로 정말 바쁘게 움직였다. 업체마다 특색은 달라도 지향점이 동일하다 보니 미팅 회차를 거듭할수록 인테리어 공사에 대한 큰 그림이 그려지고 있었다.

반면, 각 분야의 전문가를 직접 찾으려면 인테리어 공정에 대한 이해가 필요하다. 예를 들어 각 공정(설비, 전기, 목공, 경량, 도장)에서 어떤 일을 하는지, 다른 공정과 동시에 진행돼도 되는지 등을 알고 있어야 한다. 결국 인테리어 비용은 인건비가 큰 비중을 차지하므로 공사를 단기간 명확히 끝내는 업체를 찾는 게 관건이다. 인테리어 업체를 선정했던 과정을 공정마다 반복해야 하니 그만큼 시간과 에너지를 쏟게 된다.

운영하다 보면 마주치는 사소한 이벤트가 있다. 커튼을 교체한다거나 세면대 필터를 설치하는 등 한 번쯤은 직접 경험해야 하는 일이 발생한다. 인테리어를 전적으로 업체에 맡기면 문제가 발생할 때마다 자문해야 하지만, 처음부터 셀프로 공사를 진행했으면 가벼이 해결할 수 있는 부분이다. 결국 고민을 인테리어 단계에서 할지 운영하면서 부딪칠지의 차이다. 로요스는 시간상의 연유로 인테리어 업체와 함께했지만, 각 전문가를 직접 찾았으면 꽤 큰 비용을 절감할 수 있었을 테다. 결국 중간에서 여러 작업자를 연결해 주고 작업을 총괄하는 데 모든 수수료가 붙기 때문이다. 이왕 오픈을 결심했다면 한 두 달 대출이자, 관리비를 지불하더라도 셀프 시공을 추천하고 싶다.

인테리어 공사가 끝나면 비로소 요가원의 모습을 갖추게 된다. 온라인에서 옷을 구입할 때도 모니터 해상도에 따라 옷 색상이 달리 보이듯 완성된 요가원의 모습은 디자인 시안과 다소 차이가 있을 수 있다. 도장은 어떤 색으로 마감하고, 어떤 마루를 선택할지 사전에 샘플을 확인했어도 전체 모습과 다를 수 있다는 의미이다. 그러니 최소한 내부 공사가 완성된 후에 소품을 주문해야 무분별한 소비를 방지할 수 있다.

사업자 등록 후 해야 할 일, 결국엔 홍보

유튜브에 사업자 등록 후 해야 할 일을 검색해 봤다. '어떠한 이유로 무엇을 해야 한다' 식으로 자세하게 설명해 주는 콘텐츠를 많이 찾아볼 수 있었다. 나에게는 생소한 분야라서 이 잡다한 일들을 왜 해야 하는지까지 크게 와닿지는 않았다. 영상에서 해야 한다는 일들을 무작정 따라 하기 바빴다. 시간이 흘러 종합소득세, 부가세 신고를 한 사이클 경험한 후, 영상에서 '해야 한다'라고 말한 일들의 필요성을 절실히 느꼈다. 사업자 통장을 왜 별도로 만들어야 하는지, 국세청 홈택스 사이트에 사업자 카드를 등록하면 무엇이 좋은지, 각종 공과금(관리비, 전기 요금, 가스 요금, 전화, 인터넷, 휴대폰)에 대한 세금계산서를 신청하면 어떤 혜택이 있는지 비로소 알 수 있었다.

결과적으로 말하면 이 모든 일들은 세금을 적절하게 납부하기 위해 필요한 과정이다. 티끌 모아 태산이라는 문구가 저축을 권장하기 위해 만들어졌다지만 자영업자가 납세할 때도 딱 어울리는 말 같다. 사소한 지출(티끌)을 모아 비용으로 처리할 수 있으면 공제(태산) 받을 수 있는 근거가 형성된다. 미래의 자영업자가 있다면 영상을 보고 따라 하는 게 귀찮거나 이해되지 않더라도 미래의 나를 위해 인내해 보자.

사업자 등록 후 해야 할 일들은 오픈 후에 유튜브를

보며 천천히 진행해도 좋다. 하지만 카드 단말기는 신청할 수 있는 조건이 있고, 최종 승인까지 다소 시간이 걸린다. 나의 경우, 오픈 이벤트를 기획했기에 실오픈 전에 단말기 수령 일자를 고려해야 했다. 원래의 계획은 인테리어가 진행되는 동안 사전 등록을 받으려고 했다. 상담 후 회원 등록으로 연결되려면 카드 단말기가 필요한데 공사 중인 업체에는 단말기 출고가 불가능하다고 한다. 정확히는 카드사에서 가맹점 등록을 불허한다. 카드사에서 내부 사진을 요청하기 때문에 공사 끝물에 다다라서야 단말기를 신청할 수 있었고, 가맹점이 등록되기만을 애타게 기다렸다.

카드 단말기를 애타게 기다린 게 무색하게 사전 등록 이벤트는 흐지부지됐다. 오픈 일자에 맞춰 공사는 무사히 끝났으나, 카드 단말기를 제때 받지 못해 이벤트 일정이 지났기 때문이다. 늦게나마 전단지를 수정해 홍보했지만, 흔히 말하는 '오픈 빨'은 누릴 수 없었다. 회원이 모여 요가원이 북적여야 낼 세금이나마 생길 테고, 절세를 위한 앞선 노력이 빛을 발할 텐데, 막상 후순위로 처리해도 될 일들에 집중하느라 가장 중요한 회원 모집 단계를 엉성하게 준비했었다. 차라리 공사 기간 내내 건물 1층에 부스를 세우고 공격적인 마케팅을 했으면 어떠했을까. 사업자 등록 후 해야 할 일들에 앞서 선행할 일은 다름 아닌 홍보라는 것을 깨달았다.

심적인 안정감을 채워주는 노란우산공제

퇴사를 한 후 맞이한 강사 1년 차는 참으로 냉혹했다. 초보 강사에게는 면접 기회조차 주어지지 않고, 대강 기회도 변변찮던 시기로 기억한다. 가장의 위치에 있거나 당장 생계를 책임져야 한다면 요가 업계를 바로 떠날 수밖에 없는 환경이다. 그나마 다행인 건 오랜 기간 회사에 몸담고 있어서 퇴직금으로 버텨볼 수 있다는 점이다. 당장의 소득이 없다 보니 지갑을 열 때마다 고민하는 나를 발견했다. 자연스레 자존감이 떨어졌는데 하고 싶은 일, 누리고 싶은 삶을 상상하며 마음을 잡으려 노력했다.

해가 넘어갈 때마다 차곡차곡 쌓이는 퇴직금처럼 자영업자에게도 퇴직금과 비슷한 '노란우산공제'라는 제도가 있다. 폐업 후 맞이하는 막연한 두려움을 조금이나마 달랠 수 있는 노란 우산 공제를 간단히 소개한다.

요가는 교육서비스업이라, 매출액 10억 원 이하 개인사업자는 노란우산공제에 가입할 수 있다. 개인사업자가 아니어도 3.3%를 공제하는 프리랜서 누구든 가입 조건을 충족한다. 하지만 수령 방법을 비교해 보면 가입이 망설여질 듯하다. 개인 사업자는 폐업하거나 노령에 따라 더 이상 납부하기 힘든 경우 해지할 수 있다.(납부금을 전액 돌려받는다) 반면, 프리랜서는 수령 시기가 60세 이상(그것도 10년 만기) 되어야 받을 수 있다는 점에서 신중하게 결정해야 한다.

　노란 우산 공제에 가입하면 받을 수 있는 여러 혜택 중, 가장 직접적으로 와닿는 혜택은 소득공제가 있다. 소득공제 혜택이 있는 금융상품은 해지 시 그동안 받았던 세제 혜택을 반환해야 하는 양면의 모습을 갖고 있다. 양날의 검이 될 수 있는 소득공제 혜택의 장점을 최대한 누려보자. 사업 소득 금액에 따라 최대 소득공제 한도가 정해지는데 이를 12개월로 나눠서 납부하면 좋다. 예를 들어 소규모 요가원을 오픈하면 매출액이 4천만 원 이하 구간에 들어올 테고 최대한도 500만 원에 맞춰 매월 416,000원씩 납부했을 때 소득공제 혜택을 알차게 챙길 수 있다.

　매출액이 높을수록 소득공제 한도가 낮아지기 때문에 오히려 부담이 줄어든다. 그만큼 혜택이 줄어들지만 말이다.

구분	사업(또는 근로)소득금액	최대 소득공제 한도
개인, 법인대표	4천만원 이하	500만원
개인	4천만원 초과 1억원 이하	300만원
법인 대표	4천만원 초과 5,675만원 이하	300만원
개인	1억원 초과	200만원

구분	예상세율	절세효과
개인, 법인대표	6.6%~16.5%	330,000원~825,000원
개인	16.5%~38.5%	495,000원~1,155,000원
법인 대표	16.5%~38.5%	495,000원~1,155,000원
개인	38.5%~49.5%	770,000원~990,000원

어차피 저축할 금액이라면 이자가 복리로 쌓이는 노란우산공제에 납부하면 어떨까? 혹여나 급하게 대출이 필요한 경우 납부한 금액의 90%까지 대출이 가능하고, 운영상의 어려움으로 폐업을 맞이한다면 납부한 금액은 압류되지 않는 장점(?)도 있다. 노란우산공제를 모

르는 사람은 있어도 알면서 가입하지 않는 개인 사업자
가 있을까 싶을 정도니 적극 추천하고 싶다.

요가원 전용 휴대폰을 개통한다면

　　운영한 지 2년이 채 안 됐는데도 로요스 핸드폰
에는 300개 이상의 번호가 저장돼 있다. 수강권이
만료되어도 잠시 쉬었다가 돌아오는 회원이 있어서
번호를 선뜻 삭제할 수 없기 때문이다. 운영 햇수가
지날수록 점차 번호가 쌓일 텐데 개인 핸드폰과 분리
한 건 신의 한 수였다.

요즘은 통신사에서 하나의 핸드폰으로 두 개의 전화번호를 사용할 수 있는 부가 옵션을 제공한다. 이는 별도의 핸드폰을 구입하지 않고, 만 원 남짓의 부가 비용을 지불하면 돼 비용을 줄일 수 있다. 하지만 개인 정보와 업무용 정보를 분리하는 게 쉽지 않을 테고, 휴대폰 분실 시 모든 걸 잃게 된다. 무엇보다 개인 휴대폰을 4년째 사용하고 있어 반응 속도가 매우 느린데 이 폰으로 업무를 본다는 건 상상만 해도 스트레스를 받는다.

반면 2개의 휴대폰을 사용한다면 유일한 단점이 비용일 테다. 로요스는 공기계에 알뜰폰 통신사를 조합해서 비용 부담을 낮췄다. 게다가 업무용 폰으로 분류했기 때문에 종합소득세와 부가세 신고 시 비용을 공제받을 수 있다.

부가세 매입세액 공제를 받으려면 통신사에 전화해서 세금계산서를 요청하면 된다. 세금계산서를 발급받으면 종합소득세에 자동으로 반영된다. 사실상, 공기계 비용만 들어간 셈이다.

그 외에 장점은 명확하다. 개인 폰과 요가원 폰을 분리할 수 있으면 일과 삶을 분리할 수 있다. 일을 잠시 내려놓고 싶으면 휴대폰은 로요스에 두고 다니면 되고, 오픈 시간 외에는 방해금지 모드를 켜놓으면 된다. 또한, 핸드폰에 무분별하게 쌓이는 정보를 분리해서 관리할 수 있으니 추후 자료를 찾아볼 때도 도움이 된다. 가끔 기분이 울적할 때는 울리는 휴대폰을 보고 미리 마음의 준비를 할 수 있다. 우울감을 한가득 담아 수신할지, 톤을 올려서 받을지 말이다.

로요스 블로그와 인스타그램은 누구든 볼 수 있지만, 전화 문의는 로요스와 직접적으로 연결되는 첫 번째 순간이다. 찰나의 시간 동안 좋은 인상을 남기기 위해서는 얼버무리지 않고 또렷하게 대답해야 한다. 그래서 로요스 핸드폰이 울릴 때마다 최근에 올린 공지는 무엇인지, 어떤 문의를 받을지 떠올리며 호흡을 가다듬곤 한다. 만일 핸드폰을 분리하지 않았으면, 모든 전화에 긴장하지 않았을까? 생각만 해도 아찔하다.

로고 제작, 비용을 아끼고 싶지 않은 유일한 것

'로카하 사마스타하 스키노 바반투'

　온 세상 사람들이 행복하고 번영하기를 바라는 만트라다. 요가하는 분들이라면 한 번쯤 들어보지 않았을까. 여기서 나오는 로카(Lokah)는 산스크리트어로 '세상', '세계'를 의미한다. TTC를 수료한 요가원의 원장님께서 추천해 주신 애칭이 마음에 들어 지금까지도 로카로서 요가 라이프를 보내고 있다.

로요스의 파드마 로고는 l.o.k.a.h를 이미지화했는데 알파벳이 파드마를 연상시켜서 볼 때마다 만족스러움을 자아낸다. 로고가 들어간 배너, 전단, 기념품 등을 볼 때마다 기분이 얼마나 좋은지 모른다.

로고 제작을 고민하던 시기에 다양한 방법을 시도해 봤다. 무료 툴을 이용해 직접 로고를 제작해 보거나 온라인 전문가를 매칭해주는 플랫폼(크몽)을 둘러봤다. 결론적으로 무료 툴은 누구든 재사용할 수 있으니 로요스만의 로고가 될 수 없었다. 또한, 플랫폼은 시안의 개수가 정해져 있어 마음에 들지 않아도 받아들여야 한다는 점이 내키지 않았다. 종종 주변 지인들에게 디자이너를 소개받기도 했지만, 한 다리 건너 아는 사람이라 오히려 소통이 불편했다. 본업이 있어서 심적인 여유가 없다는 걸 이미 알고 있었기 때문이다.

결국 아쉬탕가 포스터를 만들 때 도움 주셨던 디자이너 분께 연락해 로고를 부탁드렸다. 바쁜 일정 속에도 흔쾌히 수락해 주셔서 얼마나 감사한지 모른다. 이미 포스터 작업으로 손발을 맞춰본 상태라 로고를 제작하는 내내 원활한 소통이 이어졌다. 갱신되는 로고 이미지에 점차 애정이 쌓였고, 그렇게 로요스 로고가 완성됐다.

만일 아는 디자이너가 없다면 로고를 제작하는 과정이 어떻게 진행됐을까? 플랫폼 방식이 내키지 않아도 어쩔 수 없이 플랫폼을 선택했을 테다. 다만, 요청하고 결과를 기다리는 수동적인 모습보다는 로요스 로고를 제작할 때처럼 적극적으로 의견을 표출할 것 같다. 로고에 대한 애정도가 결국 만족도로 변한다고 생각하기 때문이다. 실제로 디자이너 분께 로고를 의뢰하기 위해 레퍼런스를 찾아보는 과정에서 원하는 로고의 이미지가 선명해졌다. 이를 토대로 요구사항을 전달했으니 자연스레 만족스러운 로고가 완성되지 않았을까?

단 한 번의 로고 제작 경험이 있을 뿐인데 괜찮은 장소에 방문하면 로고부터 유심히 살펴보게 된다. 업체를 대표하는 모든 곳에 로고가 사용될 테니 로고만큼은 비용을 아끼지 않았으면 한다.

로요스 운영 규칙 세우기

서비스 이용약관은 공정거래 위원회 양식을 바탕으로 하되 요가원 상황에 맞춰 세부적인 규칙을 정하면 된다. 물론 운영하다 보면 필요에 따라 규정을 변경할 수 있으니 부담 갖지 않아도 된다. 다양한 세부 규칙 중에서 가장 민감한 환불과 정지에 관한 로요스의 생각을 조심스레 남겨본다.

※ 환불

　오픈 초기에는 등록 후 수업을 한 번도 못 들었다면 위약금 없이 전액 환불해 드렸다. 최소한 환불 위약금(10%)만큼의 노력이 있었는지 스스로 되물었기 때문이다. 시간이 지남에 따라 로요스만의 규정이 안착했고, 운영에 대한 고민이 끊이지 않게 된 시점부터는 당당하게 환불 위약금을 받았다. 상담이 무료로 진행되지만, 상담 시간을 위해 사전에 준비했던 소소한 업무를 비롯해 상담 중에는 요가원 용무를 볼 수 없으니 말이다.

　반면 수강권을 사용했다면 사용 기간에 따라 일할 계산할지 아니면 횟수 차감으로 선택할지 고민했다. 특정 기간을 정해 놓고 두 가지 방법을 혼합해서 사용하면 요가원 입장에서 이익을 얻을 수 있다. 하지만 개인 사정상 요가를 그만두는 회원한테 너무 야박한 것 같아 로요스는 위약금과 사용한 수강권만 차감하고 있다.

※ 정지

주 5회 수강권을 사용하는 회원은 웬만하면 5회 이상 요가원에 방문한다. 아침, 저녁으로 수련하거나 혹은 수업을 연달아 수강할 정도로 삶에 요가가 스며들어 있다. 주 2, 3회 수강권을 소유한 회원이 대다수지만, 아쉽게도 그중의 1/3은 횟수를 못 채울 때가 많다. 남은 수강권은 요가원 입장에서 이익을 얻을 수 있는데도 괜히 안타까워 홀딩 횟수 제한을 풀었다. 요가의 효과를 경험하려면 짧게는 3개월, 길게는 6개월은 수련해야 한다. 그러기 위해서는 남은 수강권을 탐내는 게 아니라 기간 안에 수강권을 사용하도록 장려해야 한다. 회원이 몸의 변화를 체감하면 자연스레 요가에 흥미를 느낄 테고, 덩달아 선생님도 보람을 느낄 수 있는 선순환을 만들고 싶다.

평소 금전적인 이득을 과도하게 취하지 않고, 받은 만큼 베풀기 위해 노력한다. 그렇다 보니 이윤을 극대화하는 사업가의 마인드가 부족하다. 우스갯소리로 로요스는 안되는 게 없는 곳이라고 말하곤 하는데 그만큼 회원 입장을 우선시하며 운영하고 있다. 아무리 세상이 각박하더라도 로요스만큼은 사람의 온정이 따스하게 느껴지면 한다. 로요스의 다른 정책이 궁금하시면 언제든 편하게 DM으로 문의주세요 :-D

구인공고, 안녕하세요 선생님

취준생 시절, 채용 공고가 올라오면 회사의 비전에 맞춰 자기소개서를 수정하곤 했다. 워낙 짧은 시기에 다수의 공고에 지원하려다 보니 미흡한 부분이 많았다. 제한된 경험을 기업의 인재상에 억지로 맞춘다거나 심지어 회사 이름을 잘못 기재하는 실수를 저질렀다. 한 걸음 물러서서 보면 서둘러 취업하고 싶은 취준생의 심정도 이해되고, 꼼꼼하지 않은 지원자를 좋게 볼 수 없는 담당자의 상황도 이해된다.

　요가 강사를 시작하면서 오랜만에 자소서를 다듬었다. 요가와 관련 없는 활동을 하나씩 지우다 보면 정작 초보 강사는 내세울 장점이 없었다. '아' 다르고 '어' 다른 한국말의 특성을 최대한 살려 지원서를 작성했지만, 당연히 큰 기대는 품지 않았다. 오히려 지원 결과보다도 답장조차 없는 요가계의 냉혹함에 당황했다. 요가 업계에 있으면 종종 소소한 일로 상처받을 때가 있다. 수업 외적인 일을 당연하게 맡긴다거나 강사의 시간을 존중하지 않는 태도는 여전히 불쾌한데, 같은 부류의 사람이 되지 않기를 수없이 되뇌었다.

　인테리어 공사를 시작하면서 구인 공고를 올렸다. 로요스에서는 회원들뿐만 아니라 지원하신 선생님도 따뜻함을 느끼길 바라며 문구 하나하나 소신 있게 작성했다. 한 번쯤은 어떤 선생님과 함께 하고 싶은지 진지

한 고민이 필요한 시점이었다.

　소속된 협회, 수련하는 장소에 따라 많은 선생님과 연이 닿는다. 자연스레 대화를 나누다 보면 꾸준히 수련하는 선생님 곁에 있을 때 에너지가 솟곤 했다. 오전, 오후가 수업으로 가득 채워진 일정 속에서 개인 수련을 하기란 쉽지 않다. 수업을 제외한 한나절 남짓 시간에는 수업 준비, 개인 공부를 하기도 벅찰 테니 말이다. 오히려 수련을 위해 수업을 늘리지 않는 선생님도 계시니 수련에 대한 열정이 남다른 선생님을 모시고 싶다.

　한 장의 지원서에 담긴 모든 이력을 토대로 수련은 꾸준히 하고 계시는지, 그동안의 강사 라이프는 어떠했는지 파악하려 했다. 관심 있는 이력서를 발견하면 면접 일정을 잡기 전에 선생님 수업을 먼저 체험했다. 이 과정에서 현재 일하는 센터명에 오타가 있거나 허위로 작성된 경우는 수업을 들을 수 없어서 거절 의사를 표했다. 지금 생각해 보면 불순(?)한 의도를 갖고 수업에 참여해서 너무 죄송스럽다. 하지만 면접에서 탈락한 여러 차례 경험이 얼마나 자존감을 무너뜨리는지 경험했기에 마음이 불편했다. 게다가 면접을 위해 내어준 선생님의 시간이 헛되지 않기를 바라는 간절함도 함께.

마치 암행어사처럼 자체 면접을 다녀오니 공식적인 면접은 최종 확정을 의미했다. 적게는 두 배, 많게는 세 배의 경력을 갖고 계신 선생님과 함께라 선생님에 대한 무한한 신뢰와 존경심을 갖고 있다. 로요스 선생님들, 앞으로 잘 부탁드립니다 :-D

PART 3

요가원 운영 둘러보기, 선택

오픈 이벤트로 세워진 가치관

　업종을 불문하고 오픈 이벤트는 사람이 모일 수밖에 없으니 회원 상담이 몰리면 어떻게 대처해야 할지 특별한 노력 없이 요가원이 호황을 누려도 될지 김칫국을 건하게 마셨었다. 예상과는 달리 전단을 붙여도 시원찮은 반응에 당황했다. 나조차도 전단이 붙어있는 게시판은 자세히 쳐다보지 않으면서 내가 붙인 전단을 유심히 봐주길 기도했었다. 다행히 오픈 이벤트가 종료되는 시점이 다가오자 서서히 상담이 늘었다.

뒤늦게 오픈 이벤트 소식을 들은 회원이 요가원에 방문했다. 엄연히 이벤트는 끝났으나 눈앞에서 아쉬움을 마주하니 비공식적으로 오픈 이벤트를 지속하게 됐다. 오픈 첫 달부터 적자를 면치 못해도 아직 운영비가 남아 있으니 조급하지 않으려 애썼다. 통장 잔고가 점차 바닥을 드러내자 정신을 차리고 오픈 이벤트를 종료했다. 무려 5개월간 지속된 오픈 이벤트를 통해 서서히 가치관을 정립할 수 있었다.

신규 회원의 이름이 헷갈릴 정도로 단기간에 홍보 효과를 톡톡히 봤지만, 오히려 마음이 불편했다. 정이 많은 사람이라, 블로그 이웃의 글도 몇 년째 꼬박꼬박 챙겨 읽는 사람인데 얼굴을 마주 보는 회원들과 형식적인 인사를 나누고 싶지 않았기 때문이다. 2주도 채 안 돼서 전단 광고를 그만두자, 요가원은 꽤 오랜 기간 한

산했다. 그룹 수업이란 말이 무색할 정도로 개인 레슨이 지속되거나 폐강도 종종 발생했다.

회원이 급격하게 모이는 전단 홍보를 지양하니 가끔 방문하는 회원에게 진심 어린 상담이 가능했다. 굳이 로요스와 함께하지 않더라도, 가까운 곳에서 수련하며 요가가 주는 매력을 경험해 보시길 권해드렸다. 가령 요가원에 비치된 만두카 매트를 구매하고자 하는 회원에게는 인터넷으로 적당한 가격대 매트를 안내해 드리고, 요가가 처음인 분들에겐 장기 수강권보다 일일 체험권, 혹은 한 달 수강권으로 시작해 보라고 권했다. 사업자 입장에서 어떻게 하면 돈을 벌 수 있는지 알고 있으니, 역설적으로 그런 행동을 멀리하게 됐다.

한 달 살이로 간간이 버텨가며 힘든 시기를 보내고 나니 로요스가 점점 결이 맞는 회원들로 채워지고 있었다. 아침마다 출근할 생각에 행복감이 느껴지고, 주말에는 월요일이 기다려지는 꿈같은 일상을 보내고 있다.

여전히 돈을 버는 이벤트는 진행하기 꺼려진다. 모든 워크샵은 직접 경험해 보고 선생님을 모셔 오는데도 수강권 차감인 경우가 아니면 회원들께 권유하기 어렵고, 요가복 대여비 전액을 기부한다고 말씀드려도 대여비 천 원을 입 밖으로 내뱉기 힘들다. 이런 마인드로 사업을 영위한다는 게 여전히 아리송하지만, 선한 사람들로 채워지는 로요스를 볼 때마다 가치관을 고수하게 된다.

내향인의 소심한 회원상담

워낙 내향적인 성격을 갖고 있어서 어딜 가든 눈에 띄지 않는 구석진 자리를 선호하고, 타인의 관심이 부담스러워 SNS에 사진을 잘 올리지 않는다. 그나마 요즘은 강사로서 '로카'를 어필하기 위해 종종 수련 사진을 올리지만 말이다.

내향적인 성격과는 반대로 외향적인 활동을 선호한

다. 무난하게 다닐 수 있는 헬스장은 항상 연 단위로 등록하고 주짓수, 러닝, 클라이밍 등 다양한 운동을 소소하게 즐기곤 했다. 운동은 언제나 즐거웠으나 체험 후 이어지는 상담은 참 불편했다. 그래서 방문 전 시설 정보를 꼼꼼하게 찾아보고 등록을 염두에 둔 채 방문했다. 그렇지 않으면 등록으로 유도하는 부담스러운 멘트를 듣고 있어야 하니 말이다.

로요스도 1회 체험권이 있다. 오시면 기본적인 안내 사항을 설명해 드리고, 매트 위에 앉을 수 있도록 안내한다. 수업이 끝나면 불편하진 않으셨는지 물어보는 게 오로지 나의 역할이다. 등록에 관심을 보이면 자세하게 설명해 드리지만, 입구를 향해 걸어가시면 진심을 담아 마지막 인사를 건넨다. 시간이 지나 회원들과 이런저런 이야기를 나누다 보면 적극적인 영업을 하지 않아서 편안함을 느꼈다고 한다.

이런 모습을 오랜 기간 지켜보신 선생님은 체험하러 오신 분들에게 어떤 질문으로 맞이해야 하는지, 회원 등록으로 연결하기 위해 어떻게 대화를 이끌어 가야 하는지 진심 어린 조언을 해주셨다. 역설적으로 조언을 따르면 회원이 늘어나고, 내가 돈을 벌 수 있겠다고 생각하니 더욱 말을 건네지 못했다. 이러한 질문이 부담스럽지 않는 시기가 오면 그제야 자연스럽게 물어볼 수 있지 않을까 싶다.

돌이켜보면 이러한 상담 방식이 로요스를 거쳐 간 회원에게 오해의 소지가 될 수 있겠다 싶어 네이버 예약이 확정되면 다음과 같은 메시지를 보내드린다.

[1회 체험권] 예약이 확정되었습니다.
부담 없이 오셔서 수련하시고요. 수련 후 상담이 필요하시면 편하게 요청해 주세요 :-D

여전히 상담이 예약되면 입에 침이 바싹 마르고, 심장이 두근거린다. 하지만 요가원을 먼저 오픈했다는 이유만으로 주변 선생님들께 소중한 경험을 나눌 일이 종종 있다. 다른 분야는 가감 없이 솔직한 경험을 공유하지만, 회원 상담 영역에 관해서는 실천하지 못하는 행동 위주로 구구절절 설명해 드리고 있다.

민간자격증 등록, 플라잉 TTC를 시작하다

    자격증을 취득하며 가장 기억에 남는 건 혹독한 모의 티칭이다. 자격 검증이 2주 앞으로 다가온 시점부터 요가원 정규 수업이 끝나면 모의 티칭을 시작했다. 본업이 있고, 가정이 있어도 예외 없이 진행되다 보니 자연스레 최선을 다할 수밖에 없는 환경이 조성됐다. 개개인의 환경을 고려하지 않고, 강행하는 원장님을 보며 섭섭함을 느끼기도 했지만, 자격시험 당일 전국 각지에서 모인 예비 선생님들의 티칭을 듣고 원장님의 열정에 감사함을 느꼈다. 요가 철학, 해부학, 호흡법 등 다양한 지식을 배우더라도 결국엔 회원에게 원하는 바를 잘 전달할 수 있는지가 중요했기 때문이다.

요가 지도자 과정(TTC, Teacher Training Course)은 단어 그대로 강사를 양성하는 과정이다. TTC에서 발급되는 요가 자격증은 민간 자격증이라 문화체육관광부(이하 문체부)에 등록하면 발급할 수 있다. 그렇다 보니 무수히 많은 협회가 존재하고, 협회 혹은 협회에 속한 요가원의 역량에 따라 예비 선생님의 자질이 결정된다.

문체부에 민간자격증 등록 절차는 그리 복잡하지 않다. 실질적인 모든 일은 행정사에 의뢰하면 되고, 자격증 급수(1급, 2급 등)를 어떻게 구분할지 와 각 급수에서 무엇을 배울 수 있는지 결정하면 된다. 즉, 행정사의 요구사항에 맞춰 필요한 서류만 전달하면 민간자격증 등록은 무난하게 마칠 수 있다.

로요스에서도 추후 지도자 과정을 오픈한다면 원장님처럼 열정을 쏟아내고 싶다. 아직 일반인을 요가 강사로 양성하는 지도자 과정은 부담스럽지만, 요가 강사의 역량을 한 층 강화해 주는 플라잉 지도자 과정은 오픈할 수 있다. 이미 TTC를 지도하는 선생님을 모셔 왔으니 말이다.

플라잉 지도자 과정에서는 방대한 내용을 배우지 않는다. 주말 이틀을 최대한 활용하면 짧게는 3주 안에 수료할 수 있다. 하지만 무언가를 배우는데 3주라는 시간은 턱없이 부족하다 보니 수료 즉시 수업하기엔 어려움이 따른다. 결국 다른 협회 TTC를 재수강하는 아이러니한 상황이 발생한다.

로요스에서는 수료 기간이 오래 걸리더라도 당당하

게 수업할 수 있도록 역량을 끌어올리는 데 초점을 맞췄다. 실제로 자격증이 없는 스스로를 비롯해 주변 선생님을 모아 1기를 운영해 보며 커리큘럼을 다듬기도 했다. 1기를 직접 참여했으니 플라잉 요가 상담 문의가 오면 진정성 있는 상담이 가능했다. 하지만 단 한 건의 문의도 오지 않았다.. 어디서부터 잘못된 걸까..?

TTC 문의가 한 번도 없었다고요?

경기 불황이 요가원에도 얕게 퍼지고 있다. 주변 원장님들의 목소리를 들어보면 워크샵은 예전만큼 인원이 채워지지 않고, 일반 수업은 인원 미달로 종종 폐강되고 있다고 한다. 로요스도 이러한 기류를 벗어나지 못했다. 그룹 수업이 개인 레슨처럼 진행되거나 예약 인원이 없어서 조기 퇴근을 한 경우도 많았다. 회원이 아예 없는 건 아니니 수련실이 텅 빈 건

이해하지만, 외부 행사에 문의가 한 번도 없다는 건 단순히 경기 불황으로 설명할 수 있을까?

로요스는 불황 탓을 하기 민망할 정도로 홍보에 열을 올리지 않았다. 로요스가 아무리 준비되었다 한들, 무엇을 하고 있는지 홍보하지 않으면 어떻게 찾아오란 말인가. 예전 게시물을 살펴보면 해시 태그는 거의 찾아볼 수 없다. 로요스를 홍보하기보단 정보 전달을 목적으로 글을 작성했기 때문이다. 게다가 로요스를 팔로우하지 않거나 SNS를 하지 않는 회원은 공지를 전혀 확인할 수 없던 상황이라 늦게나마 로비에 미니 게시판을 달아두었다. 상황이 이렇다 보니 워크샵을 진행하는 선생님의 도움으로 워크샵이 간간이 유지되고 있었다.

워크샵 홍보에 최선을 다했으면 문의가 쇄도했을까? 적지 않은 비용과 많은 시간을 할애해야 하는 지도자 과정 특성상 단순히 홍보물만 보고 결정하지 않을 테다. 추천받은 요가원, 인지도 있는 선생님, 생생한 후기를 꼼꼼하게 비교해 볼 테니 말이다. 당시 로요스는 어떠한 조건도 충족하지 못했으니, 문의 전화가 오지 않는 건 당연한 수순이 아니었을까.

익숙지 않은 어설픈 홍보를 강행하는 것보다 로요스의 생각과 가치관을 하나씩 전하기로 결심했다. 로요스 청소 루틴과 같은 친숙한 일상부터 로요스의 가치관이 담긴 사례를 SNS에 공유했다. 포스팅이 쌓이면서 점점 상담 문의도 늘고, 심지어 등록을 염두에 두고 상담을 오시기도 했다. 이미 작성된 게시물을 보셨으니 자연스레 결이 맞는 회원으로 로요스가 채워지고 있었다. 홍보를 따로 하지 않아도 마치 요가에 관심 있는 분들이 자연스레 로요스로 오시는 듯했다.

한동안, 포스팅에 집중하고 다시 플라잉 TTC를 모집했을 때 놀랍게도 문의가 많이 왔다. 비록 문의가 등록으로 전부 연결되지 않더라도 이전보다 관심을 받아 2기가 모집됐다는 점에서 만족스럽다. 여전히 홍보는 내키지 않지만, 생각과 가치관을 공유하는 건 부담 없다. 앞으로도 마음이 끌리는 대로 차근차근 나아가려 한다.

워크샵을 기획하려면?

초보 강사 시절, 아쉬탕가 포스터를 만들고 생각보다 반응이 좋아 기세등등했다. 남들과 다른 길로 나아가던 행보가 좋은 열매로 결실을 보았기 때문이다. 포스터 제작의 다음 단계로 초보 수련자를 대상으로 한 아쉬탕가 워크샵을 하고 싶었다. 마침 저녁 수업을 맡고 있는 요가원이 다수의 지점을 운영하고 있어서 워크샵을 열수 있으면 한 단계 성장할 수 있을 거로 생각했다. 하지만 결과적으로 회원보다 짧은 나의 수련 기간과 강사 경력으로 인해 최종 회장(?)님과의 미팅에서 반려되었다.

지금 생각해 보면 워크샵이 반려돼 너무 다행이다. 워크샵을 어떤 방식으로 어떻게 설명할지 구체화하지 않은 채로 제안했으니 말이다. 만일 워크샵이 승인되면 당장 눈앞에 닥친 일정을 소화하고자 어떻게든 준비했겠지만 급하게 만든 콘텐츠에 득보다 실이 많았을 테다. 특히 호불호가 심한 아쉬탕가 요가는 한 다리 건너면 도반끼리 서로 연결돼 있다. 섣불리 워크샵을 진행했다가 다시는 재기하기 힘들진 않을까 걱정하기도 했다.

로요스에서 오픈하는 워크샵은 누구든 믿고 들을 수 있으면 좋겠다. 핏기 어린 시절 대책 없이 추진했던 워크샵이 아니라 선생님의 오랜 노하우를 가득 담은 알찬 워크샵을 제공하고 싶었다. 그래서 번거롭더라도 워크샵을 기획하기 전에 모든 수업을 직접 들어보고 결정한다. 원데이 워크샵부터 많은 시간을 할애해야 하는 지도자 과정까지 예외 없이 말이다. 신청자 입장에서 시간과 돈이 아깝지 않다는 판단이 서야 떳떳하게 공지를 올릴 수 있기 때문이다. 어설프게 준비했던 아쉬탕가 워크샵은 홍보하기 민망한데 로요스 워크샵은 두 번이든 세 번이든 떳떳하게 홍보할 수 있다. 실제로 홍보차 워크샵 공지를 작성하고 인원이 채워지면 마감 공지를, 워크샵 이후에는 후기를 정성 들여 작성한다.

만일 요가원에 새로운 워크샵을 기획하고 싶다면 어떤 프로세스를 거쳐야 할까? 원하는 워크샵을 진행하는 선생님께 연락드려 보고 일정을 정하면 된다. 이후 요가원은 홍보를 통해 인원을 모집하면 워크샵을 위한 모든 준비가 끝난다. 오픈 전에는 경험의 부재에서 비롯된 두려움이 가득했으나 막상 경험해 보면 별일 아닌 것들이 의외로 많다. 워크샵 기획처럼 말이다. 혹시나 외

부 행사가 귀찮거나 두렵다고 느껴지면 안 해도 상관없
으니 요가원 오픈을 결심하는 데 걸림돌이 되지 않기를
바란다.

여름철 누수 점검은 하셨나요?

여름철 장마 기간에 접어들면서 평온했던 일상이 서서히 무너지기 시작했다. 폭우가 쏟아질 때마다 창틀에서 물이 뚝뚝 떨어졌는데 한평생 누수를 경험해 본 적이 없어 적지 않게 당황했다. 급한 대로 통을 여러 개 세워뒀지만, 워낙 새는 곳이 광범위하다 보니 도저히 커버할 수 없었다. 다이소 김장 비닐을 이용해 물을 한데 모으며 장마가 하루빨리 끝나길 기도했다.

인테리어 공사를 진행하면서 왜 누수를 신경 쓰지 못했을까? 건물의 연식을 고려하지 않은 채 규모만 믿고 안일한 생각을 했었다. 같은 건물에 60여 개의 업체가 버젓이 운영되고 있으니, 누수가 웬 말인가 말이다. 공사 기간 내내 비가 오지 않아서 무난하게 공사가 마무리됐으나 오히려 비 소식이 예고돼 있었으면 어땠을까? 인테리어 공사 기간 중 예보된 궂은 날씨를 더 이상 야속하게만 바라볼 필요가 없을 것 같다. 물론 다시 과거로 돌아간다면 같은 건물에 입점한 업체에 기를 쓰고 물어봤을 테지만 말이다. 요즘은 건설사의 부실시공이 대두되고 있어 신축 건물이어도 안심할 수 없으니 다시 한번 누수를 점검해 보자.

누수의 원인을 찾으려면 일단 기나긴 장마가 끝나야 하고, 건물이 햇볕에 충분히 말라야 해결할 수 있다. 즉, 장마 기간에는 2~3일 동안 하늘이 맑다고 해서 해결할 수 없다는 뜻이다. 어쩔 수 없이 장마 기간 내내 고된 일상을 보내야 했다. 비 소식이 있으면 미리 커튼을 걷어내어 김장 비닐을 설치했고, 탈의실 창문은 암막 시트지를 추가로 붙였다.

갑작스러운 빗줄기에 커튼이 오염되기라도 하면 커튼 세탁 업무까지 추가된다. 창문에 커튼 대신 비닐이 걸려 있으니, 마치 실험실에 온 듯한 으슥한 기운이 들었다. 으슥한 로요스에 꾸준히 수련하러 와주신 회원을 위해 비가 잠깐이라도 그치면 서둘러 커튼을 설치하며 장마를 보냈다.

기나긴 장마가 끝나고 건물이 바싹 마른 후에 건물 외벽에 방수 페인트 작업을 했다. 누수는 전보다 확실히 줄었지만, 여전히 비가 무섭게 내리치는 날은 탈의실에 통을 세워두어야 한다. 무방비 상태에서 장마를 맞이해 봤으니, 경험이 쌓인 지금은 더 이상 두려울 게 없다.

겨울철 수련실 온도, 난방보다는 외풍차단으로

수련하다 보면 차가운 바람을 내뿜는 에어컨 아래에서도 땀이 날 수 있다. 그래서 여름철 수련실로 유입되는 더운 바람은 버틸만하다. 하지만 한풍이 몰아치는 겨울은 미세한 바람도 몸을 움츠리게 만든다. 즉, 근육을 이완시키는 요가는 겨울철 외풍을 철저하게 대비해야 한다.

로요스에서 맞이한 첫 번째 겨울은 난방을 얼마나 틀어야 하는지 알 수 없었다. 그저 따스한 온기가 느껴지도록 난방을 가동했다. 그러나 로비에서는 얇은 옷과 바지를 입을 정도로 따스한데 수련실은 한기가 맴돌았다. 심지어 난방의 후끈함을 더하기 위해 전기 패널 대신 온수난방을 설치했는데도 말이다.

날씨가 점점 추워지면서 요가원에 일찍 도착한 회원들의 행동을 보고 원인을 발견했다. 회원들은 하나같이 창가에서 멀찍이 떨어져 앉았다. 다들 기피하는 창가에 매트를 펼치고 수업을 진행해 보니 서늘한 한기에 괜히 반가움을 느꼈다. '그동안 난방이 문제가 아니었구나'

로요스 창문은 탁 트인 시야를 제공할 정도로 크지만, 프로젝트 창문(손잡이가 달려있어 안에서 밖으로 미는 창문)이라 실제로 여닫을 수 있는 창이 제한적이다. 즉, 프로젝트 창문을 완전히 막아버리면 외풍을 차단할 수 있다는 의미이다. 여닫을 수 있는 방풍 비닐을 설치한 이후로 신기하게도 모든 한기를 차단할 수 있었다. 이제는 틀어 놓은 난방에 비례해서 수련실의 따스함도 유지됐다. 설치된 방풍 비닐은 한기가 없는 여름철에도 사용하고 있다. 무더운 외부 공기가 여전히 유입될 테니 말이다.

한동안 한기의 원인을 찾지 못해 애꿎은 난방만 가동했었다. 자연스레 관리비보다 높은 난방비를 지출하면서 비용 절감을 위해 나름의 대비책을 강구했다. 외풍을 완전히 차단한 상태에서 커튼을 방한용으로 교체하고 가습기와 전기히터를 사용하자. 주 단위로 난방 사용량을 체크하면 따스한 수련실 온도와 함께 지갑의 두께도 지킬 수 있지 않을까 싶다.

F형 사업가는 안녕하신가요?

　　로요스는 수강권에 따른 홀딩 기한을 횟수 제한 없이 사용할 수 있고, 플라잉요가와 매트요가를 동일한 수강권으로 신청할 수 있다. 깔끔한 청결 상태 유지는 기본. 세탁기/건조기를 구비하고 있어 모든 집기류를 정기적으로 세탁하고 있다. 또한, 단 한 명의 회원이 예약해도 수업이 진행되고, 행여나 0명이어도 선생님 수업료는 100% 지급한다. 회원과 강사로서 느꼈던 아쉬움을 로요스에 반영했기 때문에 시간적으로나 금전적으로 내려놓은 부분이 많다.

운영하면 할수록 통장 잔고가 줄어드는 기이한 현상이 1년 가까이 지속되면서 운영을 포기하고 싶었던 순간이 많았다. 행여나 포기하더라도 아쉬움이 남지 않으려면 운영하고 있을 때 시도할 수 있는 건 무엇이든 해보고 싶었다. 그 일이 수익을 올리기 위함이든 경험을 쌓기 위함이든 말이다.

로요스를 이용해 수익을 올리기 위해서는 요가원 대관해 주거나 원데이 워크샵을 개설하는 등 정규 수업 외적인 부분을 활용해야 했다.

마침 요가원 대관 문의를 받아서 나름의 규칙을 정하고 비공식적으로 진행했다. 수업 공간이 필요한 선생님께 로요스를 대관해 드리는 건 문제 될 게 없었다. 다만, 요가 수련이 아닌 모임인 경우는 눈살을 찌푸리는 사례가 종종 있었다. 독서 모임이나 면접 스터디를 준비하기 위한 모임에서 요가 소품을 사용한 흔적이 보이면 마음이 편하지 않았다. 마치 다회용품과 일회용품을 대하는 우리의 마음가짐처럼 딱 한 번 사용하는 로요스 소품을 함부로 대하진 않았을까 우려됐다. 불안한 마음에 대관 이후에는 집기류 세탁이 동반됐다. 세탁기, 건조기 용량이 제한돼 종일 요가원에 묶여 있다 보니 득보다 실이 많아 대관을 중단하는 해프닝이 있었다.

그 외에 주말 수업을 직접 진행하거나, 원데이 워크샵을 개설했다. 하지만 오랜만에 지인들이 찾아오면 커피라도 한 잔 대접하거나 이것저것 간식을 챙겨주다 보면 오히려 마이너스인 경우가 빈번했다. 넘치는 정을 주체하지 못할 때마다 사업가의 기질이 부족함을 인지하고 있다.

오히려 경험을 쌓기 위한 일은 다양했다. 수련실을 카페처럼 바꿔서 종일 빈둥거리거나 빔프로젝터를 활용해서 수련하기, 회원들과 함께 새해 달력 만들기 등 공간을 활용해 하고 싶었던 일을 시도하고 있다. 최근에는 회원을 대상으로 마이솔 클래스를 열거나 고구마를 난로에 구워드리고 있다.

결국 운영을 포기하고 싶은 순간은 현실적인 문제에 마주할 때이다. 그런데도 수익을 위한 활동보다 여전히 경험을 중시하고 있다. 최악의 상황에는 다시 광고하면 된다는 안일한 생각이 들어서인지 바보같이 베풀고만 있다. 아마 운영을 포기하는 순간이 온다면 패착의 원인은 내면에 있는 공감 지수가 아닐까. 세상에 존재하는 F형 사업가는 운영을 잘하고 계시는지 궁금하다.

Lokah
Yoga
Studio

요가원 규모별 집기류 추천

처음 경험한 요가에 강하게 매료된 건 당시의 상황이 한몫했다. 퇴근 후에도 머릿속을 떠나지 않던 코드가 퇴근길에 이어 출근길에도 머릿속에 맴돌다 보니 일과 삶의 분리가 절실했다. 헬스장에서 기구를 들거나 밖에서 러닝할 때도 떠오르던 코드가 요가 매트 위에서는 말끔하게 사라졌다. 만일 온전히 나에게 집중할 수 있는 순간이 많았거나 우연히 경험한 요가 수업이 만족스럽지 않았다면 요가에 매료될 수 있었을지 의문이다.

로요스에 1회 체험으로 오신 분들이 요가에 매료됐으면 하는 바람이 있지만, 단 한 번의 수업으로 판단하기엔 변수가 너무 많다. 최소한 수업 외적인 면에서 요가를 떠나지 않았으면 하는 마음에 청결한 환경은 기본이고, 모든 소품을 프리미엄 급으로 구비했다.

시간이 흘러 나름 필요하다고 판단해서 구매했던 물건이 의외로 애물단지로 전락하기도 했다. 한두 푼이 아쉬운 지금, 과거로 돌아간다면 비용을 절약할 수 있는 요소가 너무 많다. 수업에 필요한 요가 매트, 소도구를 제외한 로요스의 집기류를 소개하면서 꼭 필요하지 않은 물품은 무엇인지 같이 고민해 보자.

<로요스 물건>
스피커, 청소기, 정수기, 가습기, 에어컨, 카드 단말기,
세탁기/건조기, 이동식 거울, 로봇청소기, 세스코,

전자레인지, 냉장고, 컴퓨터, 프린터, 매트 보관함, 소도구 보관함, 전기 히터

::: 필수 소품 :::

1. 카드 단말기

카드 단말기 자체는 크기가 작아서 부담 없다. 하지만 공간이 협소하면 휴대할 만큼 작은 크기의 단말기도 있으니 고려해 보자.

2. 스피커

로요스 스피커는 협탁과 같은 디자인을 갖추고 있어서 많은 공간을 차지하고 있으니 창틀, 선반에 올릴 수 있는 작은 스피커를 추천한다.

3. 가습기

겨울철 실내가 건조하면 바이러스에 취약하다. 호흡기 질환과 바이러스 예방에는 적정 습도를 유지해야 하므로 구매했다.

4. 에어컨

여름철 쾌적한 환경과, 겨울철 따스한 온기를 위해 필요하다.

::: 선택 소품 :::

1. 청소기

수련실이 넓은 경우는 로봇 청소기가 용이하지만, 5분 이내로 수련실을 청소할 수 있으면 청소기를 추천한다. 청소기 대신 막대 걸레를 이용해 정전기포와 물걸레포를 교체해서 사용해도 된다.

2. 정수기

정수기는 보통 임대해서 사용하므로 매달 고정비가 부담될 수 있다. 워터 디스펜서를 사용하거나 필터를 교환해서 사용하는 브리타 정수기를 추천한다.

3. 컴퓨터 & 프린터

컴퓨터는 개인 노트북으로 대체하고, 프린터는 공간을 차지하니 필요하다면 가정에 설치하자.

4. 세탁기/건조기

타월을 제공하지 않으면 모든 세탁은 가정이나 코인 세탁방에서 해결할 수 있다.

5. 이동식 거울

플라잉 요가 수업이 없다면 굳이 없어도 되고, 필요하다면 한쪽 벽면에 거울을 부착하자.

6. 매트 보관함, 소도구 보관함

한쪽 벽면에 가지런히 세워놓아도 된다.

7. 전기 히터

바닥 난방, 에어컨 난방으로 따스함을 느끼기엔 난방 비용이 많이 든다. 초기 비용을 투자하더라도 전기 히터를 마련하면 비용 절감에 도움 된다.

8. 기타

전자레인지, 냉장고, 세스코는 필요 없다.

만일 강사 경력이 많고, 다양한 프로그램을 안내할 수 있었다면 지금의 로요스는 어떻게 변했을까? 탈의실, 로비가 없는 5~6명 정원의 소규모 요가원이 됐을 테다. 요가원 규모에 맞춰 필수 소품만 구비하고, 선택 소품은 대체재를 사용했을 수도 있다. 나아가 인테리어마저 스스로 진행한다면 큰 비용을 절감할 수 있으니 오픈 시기를 앞당길 수 있지 않았을까 싶다. 요가원을 오픈할 때 실질적으로 필요한 건 보증금과 월세가 8할이라고 조심스레 말해본다.

오픈 전으로 돌아간다면

어떠한 준비 없이 요가원을 오픈했더니 1년 동안 심적으로 힘들었다. 언제 무슨 일이 발생할지 몰라 막연한 불안감에 휩싸여 내내 긴장을 풀지 못했다. 다시 오픈 전으로 돌아간다면 오픈 시기가 늦춰지더라도 선행되었으면 하는 소소한 일들을 공유해 본다.

수업 & 수련

직접 수업을 안내할 예정이라면 기본부터 단단하게 다지는 시기가 필요하다. 초보 강사 시절에는 수련과 수업을 병행하느라 정신없는 나날을 보냈다. 하지만 이러한 시간이 조금씩 쌓이다 보면 점차 수업 준비하는 시간도 줄어들고 여분의 시간만큼 자기 계발에 집중할 수 있다. 최소한 수업을 준비하는 데 어려움이 없는 단계에 도달해야 오픈 후 운영에 집중할 수 있다고 생각한다. 수련과 공부를 게을리하지 말고 내실을 다지는 시기를 가져보자.

글쓰기 연습

하고 싶은 말을 글로 풀어내는 게 생각보다 쉽지 않다. SNS에 요가원 소식을 알리는 것부터 문자 혹은 DM으로 이어지는 온라인 상담에 이르기까지 말이다. 강사의 삶을 기록하고자 블로그를 시작했으나 덕분에 글쓰기를 연습할 수 있었다. 처음부터 각 잡고 글을 쓰려고 하면 거부감이 느껴지니 강사의 삶을 기록하는 일상 글이나 수련 일지를 작성해 보면 어떨지 싶다. 따라서 이미 글쓰기가 어렵지 않은 분은 오히려 오픈 시기를 당길 수 있지 않을까 예상해 본다.

요가원 관찰

대강 수업, 정규 수업 혹은 원데이 워크샵에 참여할 때마다 요가원을 유심히 관찰하면 좋다. 가벽이 세워진 위치나 소품의 배치만 참고해도 머릿속에 나만의 요가원을 그려볼 수 있고, 그림이 구체적일수록 구현될 확률이 높기 때문이다. 무에서 유를 창조하는 인테리어 특성상 미팅의 만족도가 결과의 만족도와 비례하지 않는다. 로요스는 단기간에 디자인을 확정 짓기 위해 핀터레스트 앱을 활용했지만, 요가원에 방문할 때마다 미리 레퍼런스를 쌓아두면 어떨까.

창업 관련 독서

요가 업종이 아니어도 창업 에세이를 통해 공사에 대한 청사진을 그릴 수 있다. 굵직한 이슈를 알고 있으면 공사 중 발생하는 변수를 줄일 수 있지 않을까 싶다. 책 한 권 읽을 때마다 공사 금액을 절감할 수 있다고 생각하면 즐거운 독서 시간이 될 듯하다.

셀프 시공 영상

살면서 인테리어를 몇 번이나 경험해 볼 수 있을까. 누구나 경험할 수 없는 소중한 기회를 누려보길 권한다. 셀프 시공이 아무리 오래 걸린다고 한들 업체에 전적으로 맡기는 것보다 몇 배는 저렴하게 진행할 수 있다. 나아가 문제 해결 능력도 키울 수 있으니 틈틈이 공부해 보자.

사업자등록을 다시 할 수 있다면

　　사업자 등록은 사업자등록 신청서, 임대차 계약서 사본, 신분증만 있으면 발급할 수 있다. 형식적인 절차보다 가장 고민되는 건 과세유형을 어떻게 할지 여부다. 일반과세자, 간이과세자 각각의 장단이 있어서 무엇이 좋다고 말할 수는 없으나 당시 생각의 흐름을 따라가 보자.

　　인테리어에 투자한 비용이 많아서 무작정 공제받을

수 있는 일반 과세자를 선택했다. 그땐 6개월마다 부가세를 납부해야 한다는 사실이 얼마나 압박으로 다가오는지 몰랐으니 말이다. 오픈하고 맞이하는 첫 부가세 신고에서 예상대로 부가세를 환급받아 마냥 좋아했다. 하지만 6개월마다 매출의 10%를 한 번에 납부하는 건 생각보다 만만치 않음을 금세 깨달았다. 어쩔 수 없이 부가세 신고 때마다 적금을 하나씩 해약하는 웃을 수도 울 수도 없는 상황이 반복됐다. 부가세뿐만 아니라 인건비, 관리비, 대출 이자 등 숨만 쉬어도 나가는 비용을 감당하기 힘들어 모든 지출을 점검하며 허리띠를 졸라맸다.

평소 오픈 준비부터 마감까지 종일 로요스에 상주하는 나 자신을 위해 든든한 끼니와 맛있는 커피로 보듬어 주곤 했다. 이제는 급한 대로 도시락을 싸 오고, 스타벅스 대신 벤티, 빽다방으로 발걸음을 옮겼다. (커피 포기 못 해..) 또한, 절세를 위해 세무 공부를 했다. 부가세(1, 7월)와 종합소득세(5월)를 신고하는 기간이 아니면 매달 납부하는 세무 비용이 너무 아까웠다. 신고 기간 외에 세무서가 하는 일은 인건비(원천세, 지방세) 신고 대행 업무였기 때문이다. 이 절차를 스스로 할 수 있으면 부가세와 종합소득세를 신고하지 않는 9개월 동안 세무 비용을 절약할 수 있다. 자그마치 스타벅스 커피를 하루 한 잔씩 (가끔은 디저트도) 마실 수 있는 비용이다. 방법까지 알아보고 스스로 신고했지만, 세무 비용이 저렴한 회계사무소로 옮기면서 예전처럼 온전히 맡기고 있다.

전문 분야에 집중하기 위해 비전문 분야는 전문가에게 맡기는 게 옳은 방법이라고 생각했다. 하지만 스스로 할 수 있으나 시간이 없어서 맡기는 것과 아무것도 모르고 전적으로 의지하는 건 차원이 다른 이야기다. 제한적이나마 스스로 공부하다 보면 아는 만큼 생각을 확장하는 데 도움 된다. 가령 세무 관련 지식을 쌓다 보니 사전에 공제되는 항목을 알게 돼 다음과 같은 효율적인 소비를 할 수 있었다.

(요가, 필라테스는 업종 특성상 비용으로 처리할 항목이 많이 없어서 사업 초기에는 세무사 사무실의 도움을 구하는 게 좋다)

'소독 티슈는 소모품비로 처리되니 사업자 카드로 결제해야지'
'경조사비는 접대비로 인정되니 받은 청첩장은 잘 보관해야지'
'프리랜서인 선생님과의 회식비는 복리후생비로 처리되지 않으니 개인 카드로 결제해야지'

사업자 등록을 하던 때로 다시 돌아간다면 간이과세자를 선택할 것 같다. 간이과세자는 인테리어 비용을 100% 공제받을 수 없지만 부가세 부담에서 벗어날 수 있기 때문이다. 물론 간이과세자도 1년에 1회 부가세를

내야 하는데 업종에 따라 추가 부가율을 곱하기 때문에 일반 과세자보다 세율이 낮게 측정된다. 연간 매출이 일정 기준을 넘으면 자동으로 일반과세자로 전환되니 그동안 간이과세자로 마음 편히 운영해 보는 건 어떨까?

사 업 자 등 록 증

(일반과세자)

등록번호 :

상　　　　호 :

성　　　　명 :　　　　　　　생 년 월 일 :

개 업 연 월 일 :

사 업 장 소 재 지 :

사 업 의 종 류 :　업태 교육서비스업　　　　종목 요가

발 급 사 유 :

공 동 사 업 자 :

100번째 회원을 등록하면서

　　로요스를 운영한 지 1년 6개월이 지난 시점에 100
번째 회원이 등록했다. 100명의 회원이 로요스와 함께
하고 있다니 생각만 해도 너무 든든하다. 그동안 운영하
면서 스스로 자랑스러운 면도 있고, 아쉬운 면도 남아
있다. 운영을 돌아보며 소소한 생각을 공유해 본다.

　　오픈 후 첫 한 달은 오픈 이벤트를 진행했다. 모래내

시장역 3번 출구에 요가원이 있다는 걸 알리는 게 우선이라 비용이 부담되어도 공격적인 마케팅을 진행했다. 전단을 보고 한두 분이라도 함께해 주시면 광고 비용을 상계 처리할 수 있으니 부담스럽진 않았다. 전단 효과만큼 빠르게 회원 수가 늘어났으나 회원 이름이 헷갈리자 광고를 중단했다. 회원 등록, 개인 레슨 유도, 워크샵 홍보에 혈안이 된 센터에서 일했던 경험이 떠올라 점차 회의감이 몰려왔기 때문이다. 몸담은 나조차도 기회가 되면 떠나고 싶었던 요가원이라서 로요스만큼은 누구나 머물고 싶은 따뜻한 공간으로 만들고 싶었다. 돈을 좇지 않으니 오히려 회원에게 진심이 전해졌다. 자발적으로 후기를 달아주시고, 홍보를 적극적으로 해주시면서 회원이 모이는 선순환 구조가 됐다.

　따뜻한 회원만큼 로요스 선생님은 정이 많다. 네이버에 등록된 영수증 리뷰를 보면 로요스 선생님은 참 따뜻하다는 언급이 많다. 일찍 온 회원과 격없이 대화를 나누고, 수업이 끝나도 많은 질문에 정성껏 답해주신다. 과거 애정을 느끼던 요가원에서 내가 취했던 행동이라 선생님들께 무한한 감사함을 느끼고 있다. 선생님에게 느껴지는 따스한 기운이 회원에게 전달되고, 회원으로부터 받은 따스함이 감사해서 로요스를 애정 어린 시선으로 운영하고 있다.

로요스에 대한 애정을 블로그에 하나둘씩 기록하고 있다. 게시물만 훑어봐도 로요스 분위기를 파악할 수 있게 말이다. 자연스레 등록을 전제로 상담 오시는 회원이 늘었고, 점차 결이 비슷한 회원으로 채워지고 있다.

반면, 비용을 절약할 수 있는 많은 요소를 놓쳤다는 점이 아쉽다. 마음의 여유를 갖고 셀프 인테리어를 했다면 지금쯤 어땠을까. 도전하고 싶은 분야가 너무 많지만 이제는 책임져야 할 부분이 많아 보수적으로 운영해야 한다. 로요스가 이른 시일 내에 안정을 되찾아 다양한 프로젝트를 기획하고 싶다.

꾸준히 수련하는 회원을 곁에서 바라보면 안 되던 동작이 점차 완성되고, 만성 통증이 사라지거나 스트레스가 감소하는 등 요가를 통해 다양한 이점을 얻고 있다. 요가 수련을 위해 로요스에 모이게 됐지만, 몸의 건강뿐만 아니라 마음의 건강도 챙겨드리고 싶다. 요가의 혜택을 충분히 누리면서 로요스가 마음의 안식처가 되길 바라본다.

요가원 창업은 처음입니다

초판 발행 | 2024.01.15

글 | 황치웅
그림 | yesther
펴낸 곳 | 로카월드
발행인 | 황치웅

주소 | 인천 남동구 호구포로 818 퍼스트하임프라자 224호, 로카요가스튜디오
이메일 | lokahstudio@naver.com
ISBN | 979-11-985956-0-7 (03810)